KB238295

〈샤이닝〉,
〈미저리〉,
〈쇼생크 구원〉,
〈스탠 바이 미〉에
나타난 **개성화**

The Shining
Misery
The Shawshank Redemption
Stand by Me

<샤이닝>, <미저리>, <쇼생크 구원>, <스탠 바이 미>에 나타난 개성화

| 김명희 지음 |

KSi 한국학술정보㈜

목 차

CONTENTS

목 차

I. 서론

<샤이닝>(*The Shining*), <미저리>(*Misery*),
<쇼생크 구원>(*The Shawshank Redemption*),
<스탠 바이 미>(*Stand by Me*)

본 연구는 〈샤이닝〉(*The Shining*, 1980), 〈미저리〉(*Misery*, 1990), 〈쇼생크 구원〉(*The Shawshank Redemption*, 1994), 〈스탠 바이 미〉(*Stand by Me*, 1986)에 나타난 칼 구스타프 융(Carl Gustav Jnng, 1875-1961)의 개성화(Individuation) 과정을 고찰하는 데 목적을 두고 있다. 네 작품을 개성화 과정의 분석 대상으로 정한 것은 다음과 같은 두 가지 이유 때문이다. 우선 네 작품이 스티븐 킹(Stephen King, 1949-)의 소설을 원작으로 하여 원작에 나타나 있는 심층심리에 대한 통찰을 영화의 매체적 특징을 살려서 적절하게 재현하였다는 점을 들 수 있다. 다음으로 네 작품이 개성화의 완전한 실패에서부터 완성까지 이르는 개성화의 진행 정도를 보여주는 역동적 관계를 이루고 있다는 점을 들 수 있다. 즉 이 네 영화는 개성화의 모습을 단계적으로 제시하는 유기적 연결 관계를 이루어서 개성화를 보여주는 하나의 순환 서클을 제시한다. 이러한 과정을 살펴보기 위하여 킹의 작품세계를 간단히 살펴본 다음 네 편의 영화가 개성화를 제시하는 데 있어 원작에 비해 두드러진 점이 무엇인지를 고찰하고 이들이 유기적으로 연결되어 개성화 과정을 보여주는 것을 개관하고자 한다.

스티븐 킹은 흔히 공포소설가로 알려져 있다. 그는 공포소설의 다양한 요소들, 예로 뱀파이어, 괴물, 초능력, 좀비, 신들림, 사실주의적 공포 등을 두루 다룸으로써 공포소설의 영역을 넓혀왔다(Casebeer 207, paragraph 2, 앞으로 paragraph는 par.로 표시). 나아가 그는 공포소설에만 국한하지 않고 판타지, 과학소설, 서부소설, 미스터리, 로맨스 등 다양한 장르를 시도, 혼합함으로써 작품의 폭을 넓혀왔다(Casebeer 207, par. 3).

킹의 작가로서의 역량은 다양한 장르를 통해 공통적으로 보이는 사실주의에서도 찾아볼 수 있다. 케이스 비어가 적절히 평하듯이 "킹의 호소력은 훨씬 더 넓어진다. 다시 말해서 이 사실주의가 긴박한 동시대 문제들을 표현하는 하부텍스트로의 문을 연다. 젊은 시절부터 그는 그의 세대 사람이었다."(Casebeer 208) 킹은 그의 소설에서 교회, 학교, 정치 기관의 타락과 같은 사회적 상황에서 가족, 이성 간의 문제와 같은 개인적 차원에 이르기까지 동시대의 첨예한 문제를 제시한다.[1]

킹은 이러한 문제들을 심층심리를 통해 묘사함으로써 보다 설득력 있게 제시하고 있다. 킹이 보여주는 모든 사회적 병폐와 부조리는 케이스 비어가 주장하듯이 인간의 심층심리를 원천으로 하기 때문에 그의 소설은 결국 심리 그 자체가 된다. 케이스 비어의 다음과 같은 킹의 소설 읽기는 설득력이 있다.

---

1) *Modern Views: Stephen King.* ed. Harold Bloom. New York: Chelsea, 1998. 서론 Ⅶ, Ⅷ.
   킹 소설에 나타난 다양한 문제에 대하여 헤롤드 블룸(Harold Bloom)은 『스티븐 킹 현대비평』(*Modern Views: Stephen King*)에서 다음과 같이 요약, 분류한다. 킹이 다루는 문제는 교회와 학교의 타락(『분노』(*Rage*), 『캐리』(*Carrie*), 『크리스틴』(*Christine*) 등), 정부와 기관의 타락(『긴 산책』(*The Long Walk*), 『파이어스타터』(*Firestarter*), 『러닝 맨』(*The Running Man*), 『스탠드』(*The Stand*), 『데드 존』(*The Dead Zone*), 『쇼생크 구원』(*The Shawshank Redemption*) 등), 가족의 문제(『샤이닝』(*The Shining*), 『쿠조』(*Cujo*), 『시체』(*The Body*), 『돌로레스 클레이본』(*Dolores Claiborne*) 등), 이성 간의 문제(『제랄드의 게임』(*Gerald's Game*) 등)와 같이 다양한 범위를 보여주고 있다.

인물과 구조에 대한 역동적 인식의 최종결과로서 소설은 심리가 된다. 즉 그것(소설)은 원형적 인물과 그들 역동성의 장소이다. 그것은 작가와 독자 사이의 상호작용, 영혼의 전당, 우리가 가장 탐험하기를 꺼리는 영역에서 자신들을 가장 명백하게 볼 수 있는 거울, 죽음과 기괴함의 어두운 세계이다. 이 관점들에서 볼 때 킹은 그의 문화를 자기발견으로 이끌기 위해 마술을 사용하는 현대의 샤먼이 된다.

The end result of such a dynamic perception of character and structure is that the novel becomes psyche: that is, it is the location of archetypal personae and their dynamics. It is the interface between the psyches of writer and reader, a template of the soul, a mirror in which we see ourselves most clearly in terrain we least care to explore, the nightworld of death and monstrosity. Seen from the above perspectives, King becomes a modern shaman employing magic to lead his culture into self-discovery. (Casebeer 212)

킹 소설은 심층심리의 작용을 통해 현실 문제를 제시함으로써 그러한 문제를 공유하는 동시대인들로 하여금 문제의 근원지인 인간내면에 대하여 마음의 문을 여는 계기를 마련한다.

킹의 소설이 많은 인기를 누린 이유 중 하나는 이처럼 인간내면에 대한 예리한 통찰력이 깊은 공감대를 불러일으켰다는 데 있다. 이는 그의 소설을 각색한 영화 중 많은 작품이 대중의 관심을 모은 주된 이유 중 하나가 되기도 한다. 실제로 킹은 현존작가 중 영화와 가장 밀접한 관계를 맺어온 소설가 중 한 사람이다. 자신이 직접 소설을 각색하여 영화로 만들기도 했고 첫 작품인 『캐리』를 시작으로 그의 소설은 발표될 때마다 대부분 영화각색의 대상이 되어왔다. 그의 소설을 영화로 만든 작품 중에는 흥행에서 성공하고 비평에서 좋은 평가를 받은 경우를 종종 볼 수 있다.

특히 본 연구에서 다루는 〈샤이닝〉, 〈미저리〉, 〈쇼생크 구원〉, 〈스탠 바이 미〉의 네 영화들은 대중적 인기와 비평에서 좋은 성과를 거두었다. 그 요인 중 하나로 원작에 묘사된 인간의 내면세계를 영상에서 효과적으로 재현했다는 점을 들 수 있다. 네 영화는 심층심리의 작용과 자기발견의 모티프를 포함하고 있어서 이들에서 내면의 자기를 실현하는 과정인 융의 개성화 과정을 추출할 수 있다. 융은 인간의 모든 심리가 어떤 목적을 향해 작용한다고 보았는데 그것은 그 자체로 온전하고 통일적인 인격체가 되는 개성화이다. 개성화는 의식세계의 중심인 자아(ego)가 그림자(shadow), 아니마(anima), 어머니 원형(mother archetype), 현자(wise old man)와 같은 무의식의 원형(archetype)들을 인지하면서 정신전체의 중심인 자기(self)를 실현하는 과정이다.

이들 네 영화는 원작에 나타난 인간내면에 관한 통찰과 원형을 중심으로 한 개성화의 모티프를 충실하게 살리면서 영화가 갖는 매체적 특성을 살려 효과적으로 접목시킴으로써 원작소설에 못지않은 독특한 작품으로 만들어졌다. 이처럼 이 영화들이 영화의 매체적 특성을 이용하여 원작의 주제를 부각시켜 개성화 과정을 효과적으로 전달하는 점을 살펴보면 다음과 같다.

영화 〈샤이닝〉은 동명의 원작소설과 비교할 때 주제에 있어서는 충실한 각색이나 내용의 디테일에 있어서는 충실하지 않은 각색에 가깝다. 영화는 잭 토랜스(Jack Torrance)가 오우버룩 호텔(Overlook Hotel)에서 아내 웬디(Wendy), 아들 대니(Danny)와 함께 겨울을 보내다가 죽음을 맞는 설정만을 빌려 왔을 뿐 구체적인 부분은 변형 및 창조되었다. 영화에서는 바텐더 로이드(Lloyd)와 호텔 관리인이었던 그래디(Grady)의 환영, 정신분열을 상징하는 이중성의 이미지, 미로, 카메라의 기법 등 다양한 영화적 장치가 활용되었다. 영화 〈미저리〉는 원작에서 묘사된 폴 셸던(Paul Sheldon)의 이야기를 충실하게 옮기면서 자연의 이미지,

폴의 가방과 같은 특정한 소품을 클로즈업한 장면의 반복적 제시, 경사진 화면구도 등을 통해 제시하고 있다. 〈쇼생크 구원〉은 원작 「리타 헤이워드와 쇼생크 구원」(*Rita Hayworth and Shawshank Redemption*)에 나타난 앤디(Andy)와 레드(Red) 이야기를 옮기되 앤디와 레드를 병치구조로 보여주는 편집기법, 부감 롱 쇼트 등의 카메라 기법을 활용하고 돌과 물 등의 모티프들이 시각적으로 제시되어 있다. 〈스탠 바이 미〉는 원작 「시체」(*The Body*)에서 나타난 고디(Gordy)의 여정을 비교적 충실하게 재현하고 있다. 이 영화는 앞의 세 영화에 비해 주제와 내용 모두에서 가장 충실한 각색으로 마치 영상소설을 보는 느낌을 자아낸다.

이처럼 네 편의 영화는 원작의 주제를 영상으로 재현하면서 개성화의 진행과정을 차례로 보여주는 역동적인 순환 관계를 보여준다. 〈샤이닝〉에서는 잭 토랜스를 통해 개성화가 전혀 이루어지지 않고 비극적 결말을 맞는 양상을 볼 수 있다. 잭은 자기를 추구하는 시도를 하는 대신 그림자의 파괴적 힘에 이끌림으로써 죽음을 맞는다. 이처럼 자기를 향한 잭의 여정이 적극적으로 이루어지지 않았기 때문에 이 영화에는 자기를 상징하는 모티프가 나타나지 않으며 대신 그를 파멸로 몰고 가는 그림자만이 지배적으로 보인다.

개성화로의 진전이 보이지 않은 〈샤이닝〉과 달리 〈미저리〉에서 폴 셸던은 자기를 추구하려는 시도를 보인다. 그러나 그의 시도가 불완전하게 시작됨으로써 개성화는 중도에서 좌절되고 더 이상 진전되지 못한다. 폴의 개성화가 더 이상 진척되지 못하는 것은 공포의 어머니 때문이다. 공포의 어머니의 굴레를 벗어나려면 아니마가 작용해야 하는데 폴의 경우 아니마를 찾아볼 수 없고 그가 추구하고자 하는 자기를 상징하는 모티프와 현자도 공포의 어머니에 의해 파멸됨으로써 그의 개성화가 좌절된다.

개성화가 중도에서 실패하는 〈미저리〉와 달리 〈쇼생크 구원〉은 앤디와 레드가 현자의 도움으로 개성화에 가까이 이르는 과정을 다루고 있다. 앤디와 레드는 적극적으로 자기를 향한 여정을 시작하며 그들의 노력은 현자의 도움으로 어느 정도 결실을 맺는다. 이 영화에는 이 둘이 추구하는 자기를 상징하는 모티프가 드러나 있고 앤디와 레드가 자기를 향해 나아가는 과정이 보인다. 그러나 앤디와 레드가 자기에 가까이 이르는 단계에서 끝을 맺음으로써 자기를 실현한 후에 변형된 모습을 볼 수 없다.

　자기실현을 통해 보다 성숙하고 온전한 인간으로 변화된 모습은 〈스탠 바이 미〉에서 볼 수 있다. 이 영화에서 고디는 자기를 상징하는 모티프인 시체에 강렬하게 이끌리면서 적극적으로 자기실현을 위한 노력을 기울인다. 고디는 그 과정에서 그림자, 부모 원형(parent archetype)을 극복하고 아니마와 현자의 도움을 통해 마침내 자기를 발견한다. 이 영화는 주인공이 자기를 상징하는 시체를 찾고 귀환한 후에 변화된 모습을 보여주고 있다. 그러므로 개성화의 온전한 귀결을 제시한다는 면에서 〈스탠 바이 미〉를 앞의 세 작품을 아우르는 최종단계로 볼 수 있다.

　이상에서 본 연구의 연구 대상이 된 네 영화의 원작소설 작가인 킹의 작품세계를 심리적 관점에서 간단히 고찰하고 원작에 나타난 개성화를 영상으로 재현하는 것과 네 영화가 개성화의 진행과정을 차례로 보여줌으로써 개성화의 전체 과정을 보여주는 하나의 순환과정을 이루고 있음을 간단히 제시하였다. 제2장에서는 융의 개성화를 살펴보고 제3장 〈샤이닝〉에서는 그림자를 중심으로 한 개성화의 완전한 실패를, 제4장 〈미저리〉에서는 어머니 원형과 아니마를 중심으로 개성화가 중도에서 좌절되는 과정을, 제5장 〈쇼생크 구원〉에서는 현자를 통해 개성화에 가까이 이르는 정도를, 제6장 〈스탠 바이 미〉에서는 자기를 중심으로 이루어지는 개성화의 온전한 완결이 영화적인 기법으로 어떻게 효과적으로 이루어지는지를 다루고자 한다.

II. 개성화 과정

<샤이닝>(*The Shining*), <미저리>(*Misery*),
<쇼생크 구원>(*The Shawshank Redemption*),
<스탠 바이 미>(*Stand by Me*)

개성화는 자아가 집단적 무의식(collective unconscious)의 원형들을 인지하면서 궁극적으로 정신전체의 중심인 자기 원형을 실현할 때 이루어진다. 개성화를 이루는 데 있어 자아가 경험하고 의식화해야 하는 주된 원형으로는 그림자, 아니마, 어머니 원형, 현자와 자기를 들 수 있다. 다음에는 개성화를 설명하기 위하여 우선 집단적 무의식을 살펴본 다음 개성화 과정에서 중요한 요소로 작용하는 원형들을 고찰하고자 한다.

1. 집단적 무의식

융은 프로이드처럼 정신이 의식과 무의식으로 이루어져 있다고 보았다. 그러나 무의식에 대해서 융은 프로이드와 다른 견해를 보여준다. 프로이드는 무의식을 후천적으로 억압되거나 잊혀진 정신내용의 저장소로서 개인적 영역으로 보았다. 융은 이 정신세계를 '개인적 무의식'(personal unconscious)으로 한정하고 그 너머에는 인류에게 공통된 집단적 무의식이 있다고 하였다. 다음과 같은 융의 지적에서 볼 수 있듯이 집단적 무의식은 생득적이며 시공의 제약을 넘어 모든 인류가 공유하는 정신세계이다.

무의식의 다소 표면적인 층은 분명히 개인적이다. 나는 그것을 '개인적 무의식'이라고 칭한다. 그러나 개인적 무의식은 좀 더 깊은 층 위에 놓여 있는데 그것은 개인적 경험으로부터 이끌어지거나 개인적으로 습득되는 것이 아니라 타고난다. 이처럼 보다 깊은 층을 나는 집단적 무의식이라고 칭한다. 나는 '집단적'이라는 용어를 선택했는데 이유는 무의식의 이 부분이 개인적이 아니라 보편적이기 때문이다. 개인적 심리와 대조적으로 그것은 모든 장소와 개인에게 다소 동일한 내용과 작용양상을 보인다. 즉 그것은 모든 인간에게 동일하므로 초개인적 성질, 우리 모두에게 존재하는 보편적인 정신적 기질을 이룬다.

A more or less superficial layer of the unconscious is undoubtedly personal. I call it the personal unconscious. But this personal unconscious rests upon a deeper layer, which does not derive from personal experience and is not a personal acquisition but is unborn. This deeper layer I call the collective unconscious. I have chosen the term "collective" because this part of the unconscious is not individual but universal; in contrast to the personal psyche, it has contents and modes of behaviour that are more or less the same everywhere and in all individuals. It is, in other words, identical in all men and thus constitutes a common psychic substrate of a superpersonal nature which is present in every one of us. (*AC* 3, 4)

집단적 무의식은 단순히 의식의 하부구조가 아니라 초월적 정신세계까지 포함한다. 융은 무의식이 정신의 양쪽 측면, 즉 의식을 초월하는 정신세계인 '위'(above)와 의식의 '아래'(below) 모두를 포함한다고 하였다(*CW 8* 177, par. 369와 주 35). 집단적 무의식은 인간에게 육을 초월하여 영적 세계를 경험함으로써 보다 본질적 삶을 살도록 만든다.

인간 삶의 원동력은 집단적 무의식에 있으며 그것을 채우고 있는 원형에서 모든 정신에너지가 나온다. 원형은 자체적 생명력을 가진 역동적 구조물이다. 원형은 구체적 이미지나 내용물 자체가 아니라 인류가 공유하는 동일한 정신적 틀이다. 그 틀은 인류 무의식에 항상 있어 왔고 인간은 정신적 틀을 중심으로 외부적 상황에 따라 다양한 문명과 사건을 경험해왔다. 원형은 인간의 다양한 활동을 일으키는 원초적 행동유형이다. 원형은 인식과 행동유형의 가능성만을 보여주는 '내용 없는 형태'(forms without contents)로서 우리 정신 속에 각인되어 있다(*AC9i* 48, par. 99).

원형은 모든 정신활동을 일으키는 에너지로 가득 차 있다. 원형이 에너지 덩어리라는 것은 모든 심리현상을 에너지작용으로 보는 견해에서 비롯되었는데 이를 다음에서 볼 수 있다. "융은 인간을 이해하는 데 '에너지적 관점'(energic point of view)을 갖기를 주장하였다. 사실 그는 현대 물리학자인 로버트 메이어(Robert Mayer)의 에너지보존법칙에 따라 모든 심리현상을 에너지작용으로 이해했다"(김재영 179).

원형의 에너지는 성욕, 욕망, 소망 등 모든 에너지와 본능을 포함하는 포괄적 에너지로서 융은 리비도(libido)라고 불렀다(*CW* 5 131, par. 188). 리비도는 영적인 힘을 발산하는데 이를 '누미노줌'(numinosum)이라고 하며 누미노줌은 융의 다음과 같은 지적에서 볼 수 있듯이 다양한 본능적 에너지를 제어하고 통솔한다.

> 종교는 루돌프 오토가 적절하게 명명한 신성력이라는 것에 대한 주의 깊고 신중한 복종으로서 누미노줌은 의지의 자의적 행위에 의해 야기되지 않는 역동적 힘 또는 효력이다. 반면에 그것은 인간주체를 장악하고 통제하기 때문에 인간은 그것의 창조자가 아니라 언제나 그 희생물이다. 누미노줌—그 원인이 무엇이든지 간에—은 의지와 상관없는 주체의 경험이다. …… 신성력은 보이는 대상에 속하는 특질 혹은 의식에 특별한 변화를 일으키는 보이지 않는 존재의 영향이다.

Religion, as the Latin word denotes, is a careful and scrupulous observation of what Rudolf Otto aptly termed the numinosum, that is, a dynamic agency or effect not caused by an arbitrary act of will. On the contrary, it seizes and controls the human subject, who is always rather its victim than its creator. The numinosum – whatever its cause may be – is an experience of the subject independent of its will. ······ The numinosum is either a quality belonging to a visible object or the influence of an invisible presence that causes a peculiar alteration of consciousness. (*CW* 11 7)

누미노줌이 일으키는 정신작용은 의식적 느낌과 다른 독특한 경험으로서 인간의 언어로 표현할 수 없는 신비롭고 경이적 느낌이다. 원형은 자율적으로 작용하는 창조적 조정능력을 가지고 있어서 인간의 의식을 변화시키고자 하는 의도를 가지고 끊임없이 작동한다. 의식이 무의식을 경시하고 대면을 회피할 때 원형은 자석처럼 의식을 끌어들여서 무의식 작용을 의식화할 수 있는 기회를 제공한다.

원형은 가치중립적 에너지로서 의식이 무의식의 요구에 반응하는 양상에 따라 긍정적 혹은 부정적으로 작용한다. 의식이 원형의 욕구를 알아차리지 못하고 무의식과 괴리를 좁히지 못하면 원형적 욕구 자체가 스스로 폭발해서 주체를 압도하여 정신착란이나 신경증을 일으킬 수 있다. 원형을 올바르게 경험하려면 의식이 무의식에 대해 개방되어 있어야 한다.

의식이 원형의 욕구에 주의를 기울이고 적극적으로 소화할 때 개성화가 진행된다. 인간은 개성화를 통해서 의식과 무의식의 긴장과 조화 속에 온전한 전체적 인격체가 될 수 있다(*AC* 288, par. 522). "나는 한 인간이 심리적으로 '분리될 수 없는(individual)', 즉 독립되고 분리될 수 없는 통일체 혹은 전체가 되는 과정을 부르기 위하여 '개성화'라는 용어를 사용했다"(*AC* 275)라는 융의 언급에서 볼 수 있듯 개성화는 자체로 완전한 인격이 되는 과정이다. 개성화야말로 참된 자기를 이루는 일이다. "그러므로 우리는 개성화를 '자기화되기'(coming to selfhood) 혹은 '자기실현'(self-realization)이라고 풀이할 수 있다"(*CW* 7 173). 개성화는 의식의 중심인 자아가 무의식 원형들을 인지함으로써 정신전체의 중심인 자기를 인지하는 과정을 말한다. 개성화 과정을 이루는 주요 원형을 살펴보면 다음과 같다.

2. 자 아

자아는 의식세계의 중심이다. 의식세계의 표면에 있는 페르소나(persona)[2]가 사회적 상황과 필요에 따라 바꿔 쓰는 마스크처럼 외부적 적응만을 위한 요소라면 자아는 무의식과도 관계할 수 있는 보다

---

2) *The Collective Works of C. G. Jung*(Bollingen Series XX). C. G. Jung. Trans. Hull, R. F. C. Princeton: Princeton UP, 1953-79. Vol. 6: *Psychological Types*. 465, 466 페르소나라는 용어 자체가 고대 그리스 연극에서 배우들이 썼던 마스크를 지칭하던 말이듯이 페르소나는 인간이 그가 속한 사회에서의 역할, 상황, 필요에 따라서 쓰는 일종의 마스크이다. "페르소나는 적응이나 개인적 편리라는 이유로 존재하는 기능적 콤플렉스일 뿐 '개성성'과 동일한 것은 결코 아니다. 페르소나는 사물과의 관계에만 관여한다. 개인과 사물의 관계는 주체와의 관계와 엄격히 구분되어야한다." "The persona is a functional complex that comes into existence for reasons of adaptation or personal convenience, but is by no means identical with individuality. The persona is exclusively concerned with the relation to objects. The relation of the individual to the object must be sharply distinguished from the relation to the subject."

복합적 요소이다. 자아는 융의 다음과 같은 지적에서 볼 수 있듯이 일반적으로 인간이 나라고 인지하는 요소로서 의식된 마음을 통솔한다.

우리는 모든 의식적 내용이 연관되어 있는 복합적 요소를 자아라고 본다. 그것은 의식세계의 중심을 이루고 이것이 실재적 인격을 구성하는 한 자아는 의식의 모든 개인적 활동의 주체이다. …… 자아는 의식의 특정한 내용으로서 단순하거나 기초적 요소가 아니라 복합적 요소로서 완전하게 설명되어질 수 없다.
We understand the ego as the complex factor to which all conscious contents are related. It forms the center of the field of consciousness and in so far as this comprises the empirical personality, the ego is the subject of all personal acts of consciousness. …… The ego, as a specific content of consciousness, is not a simple or elementary factor but a complex one which, as such, cannot be described exhaustively. (*Aion* 3)

의식은 자아와 연관된 모든 정신적 기억과 활동의 세계이고 자아는 의식세계를 총괄하면서 무의식을 인식하기도 하고 거부하기도 한다. 인간의 모든 정신활동은 자아를 통해서만 인식될 수 있으므로 무의식에 의해 자아가 압도당하면 의식이 마비되어 비극적 상황이 벌어진다. 그러므로 의식이 무의식과 관계를 맺을 때 자아가 정신활동을 조절하고 인지하여야만 무의식의 작용이 의의가 있다.

3. 그림자

그림자는 의식의 자아가 인식하지 못하거나 인정하고 싶지 않은 어두운 면이 주로 개인적 무의식에 쌓여 형성된다. 양과 음처럼 밝은 의식세계의 이면에 놓인 그림자는 다음과 같은 융의 설명에서 볼 수 있듯이 어둡고 그늘진 속성 때문에 주로 자아에 대항하는 도전적 성질을 띠게 된다.

> 원형 중 가장 접근하고 경험하기 쉬운 것이 그림자이다. 왜냐하면 그것의 본질은 대부분 개인적 무의식에서 느껴질 수 있기 때문이다. …… 그림자는 전체적 자아, 인격을 위협하는 도덕적 문제이다. 왜냐하면 상당한 도덕적 노력이 없다면 누구라도 그림자를 인식할 수 없기 때문이다. 그것을 인식하는 것은 성격의 어두운 부분이 실재하며 사실이라고 깨닫는 것이다. 이것은 어떤 종류의 자기인식에 있어서든 필수적 조건으로서 항상 상당한 저항에 부딪힌다.
>
> The most accessible of these, and the easiest to experience, is the shadow, for its nature can in large measure be inferred from the contents of the personal unconscious. …… The shadow is a moral problem that challenges the whole ego-personality, for no one can become conscious of the shadow without considerable moral effort. To become conscious of it involves recognizing the dark aspects of the personality as present and real. This act is the essential condition for any kind of self-knowledge and it therefore, as a rule, meets with considerable resistance. (*Aion* 8)

개인적 무의식의 그림자는 의식의 적극적 노력에 의해 의식화될 수 있다. 그림자가 의식에 융합되면 의식의 시야가 넓어지고 그림자의 부정적 작용은 창조적 작용으로 바뀐다.

융은 그림자에 대해 말할 때 개인적 무의식과 함께 집단적 무의식에 적용시키기도 한다. 광의로 볼 때 그림자는 의식의 밝은 면과 대립되는 집단적 무의식의 어두운 면, 모든 원형의 부정적인 면을 가리킨다.

개인적, 집단적이든 그림자가 인식되지 않고 계속 억압되면 자율성과 보상작용에 따라 스스로 폭발하여 의식을 장악한다. 그림자의 파괴성은 주체의 파멸뿐 아니라 투사를 통해 타인에 대한 공격으로 나타나기도 한다. 인간은 흔히 그림자를 자신의 일부로 인정하기를 거부하기 때문에 그림자는 쉽게 타인에게 투사되고 그 대상은 마치 제거되어야 할 모든 악의 화신인 양 비난과 공격의 대상이 된다. 그림자의 투사는 개인 간에도 일어날 수 있으며 집단적으로 번질 수 있다. 이때 전쟁이나 타 인종에 대한 학대, 살육 같은 인류의 커다란 재앙이 일어난다.

인간이 그림자를 부정하고 외부로 투사할 것이 아니라 받아들이고 인정해야만 그림자의 부정적 작용을 막을 수 있다. 우리의 심층심리에 전율할 만한 파괴적 충동이 도사리고 있다는 것을 인식하고 집단적 무의식에 대해서 수용적인 자세를 갖는 것이 그림자의 지배에 사로잡히지 않는 첫걸음이다. 이때 그림자는 어둠 속에서 더욱 찬란한 빛이 나오듯 정신을 빛나게 만든다. 그림자가 의식적으로 인지될 때 비로소 무의식은 의식과 대극(opposite)을 이루고 대극 사이의 긴장에서 인생의 생명력이 나온다(*CW 7* 53, 54, par. 78).

4. 아니마/아니무스(animus), 어머니 원형

아니마는 남성의 집단적 무의식에 내재된 여성성을, 아니무스는 여성에게 내재된 남성성을 말한다. 아니마/아니무스는 내적 인격으로 사회적응을 위해 형성된 외적 인격인 페르소나와 대극을 이룬다. 그러므로 페르소나가 남자일 때 집단적 무의식에는 여성성인 아니마가, 여자일 때는 남성성인 아니무스가 존재한다.

아니마는 생명력의 원천으로 고도의 자율성을 지니고 있다. 융의 다음과 같은 지적에서 볼 수 있듯이 아니마는 의식으로는 완전히 융합할 수 없는 보다 본질적인 요소이다.

> 아니마는 온전한 의미에서 '요소'이다. 인간은 그것을 만들 수 없다. 반대로 그것은 항상 그의 감정, 반응, 충동과 심리적 인생에서, 자연적인 모든 것들의 선험적인 요소이다. 그것은 스스로 존재하면서 우리로 하여금 살아가도록 만든다. 그것은 의식의 저편에 있어서 의식과 완전히 융합될 수 없고 오히려 그것에서 의식이 생겨난다.
>
> It is a "factor" in the proper sense of the word. Man cannot make it; on the contrary, it is always a priori element in his moods, reactions, impulses, and whatever else is spontaneous in psychic life. It is something that lives of itself, that makes us live; it is a life behind consciousness that cannot be completely integrated with it, but from which, on the contrary, consciousness arises. (*AC* 27)

아니마는 자아를 강력하게 이끌어서 어머니 원형의 영향력에서 벗어나도록 인도한다. 자아가 어머니 원형에서 자유롭지 못하면 정신은 독립적인 전체가 될 수 없다. 융이 다음과 같이 지적하듯이 자아가 어머니 원형의 구속력을 벗어나서 아니마로 이동하는 것은 의존적이며 유아적 상태에서 독자적이며 성숙한 정신으로 변하는 것을 의미한다.

> 아이에게 부모는 가장 가깝고 영향력 있는 관계이다. 그러나 그가 성장하면서 이 영향은 분리된다. 그 결과 부모 이마고들은 의식으로부터 급격하게 차단되는데, 그것들(부모 이마고)이 종종 계속 발산하는 구속적 영향 때문에 그것들은 쉽게 부정적 양상을 띤다. 이런 방식으로 부모 이마고는 정신의 '외부' 어딘가에 있는 생경한 요소로 남는다. 이제는 부모 대신에 여성이 성인 남자의 인생에 가장 직접적인

환경적 영향으로 위치를 차지한다. 그녀가 그의 인생을 공유하고 그와 비슷한 나이일 때 그녀는 동반자가 되며 그의 사람이 된다. 그녀는 나이, 권위, 육체적 힘에 있어서 우월한 지위가 아니다. 그러나 그녀는 매우 영향력 있는 요소이며, 부모처럼 다소 자율적 성질을 가진 이마고를 생성하는데 부모의 그것처럼 분리되어야 하지 않고 의식과 지속적으로 관계해야 한다.

For the child, the parents are his closest and most influential relations. But as he grows older this influence is split off; consequently the parental imagos become increasingly shut away from consciousness, and on account of the restrictive influence they sometimes continue to exert, they easily acquire a negative aspect. In this way the parental imagos remain as alien elements somewhere "outside" the psyche. In place of the parents woman now takes up her position as the most immediate environmental influence in the life of the adult man. She becomes his companion, she belongs to him in so far as she shares his life and is more or less of the same age. She is not of a superior order, either by virtue of age, authority, or physical strength. She is, however, a very influential factor and, like the parents, she produces an imago of a relatively autonomous nature—not an imago to be split off like that of the parents, but one that has to be kept associated with consciousness. (*CW* 7 188)

융에 의하면 어머니 원형은 긍정적, 우호적 의미와 함께 부정적이고 사악한 의미를 가지며 융은 이러한 어머니 원형의 이중성을 "사랑의 어머니와 공포의 어머니"(the loving and the terrible mother)라고 부른다 (*AC* 82. par. 158). 어머니 원형의 긍정적 성질은 이제 막 싹트기 시작한 자아를 보호하고 성장을 돕는 것이다. 이때 자아는 어머니 원형의 절대적 보호 안에서 성장한다. 그러나 자아가 어느 정도 자라면 보다 독립된 인격체가 되기 위하여 어머니 원형과의 분리가 일어나야 한다.

이때 어머니 원형의 영향력은 매우 강력하여 자아는 쉽게 그 영역을 벗어나지 못한다. 자기로 나아가는 자아를 방해하고 구속하는 어머니 원형은 무의식의 어둡고 파괴적인 면을 상징한다. 개성화는 자아가 무의식의 원형을 인지하고 의식화함으로써 온전한 정신을 이루는 것인데 자아가 어머니 원형에 사로잡히면 이러한 과정이 좌절된다. 자기로 나아가려는 자아를 어머니 원형이 구속하고 금지할 때 어머니 원형은 자아에게 공포의 어머니로 작용한다.

이러한 자아를 어머니 원형의 구속적인 영향력을 벗어나도록 유도하고 이끌어주는 것이 아니마이다. 어머니 원형은 흔히 실제의 어머니나 다른 어머니 같은 존재에게 투사되어 주체를 사로잡는데 이러한 주체를 자기로 이끌기 위해서는 아니마가 주변의 여성에게 투사되어 강렬한 매력으로 이끌어야 한다. 아니마가 투사된 여성은 주체와의 관계에 있어 동등하고 평등함으로써 주체가 독립적이며 개성적인 인격체로 변화하도록 만든다. 이처럼 아니마가 자아를 어머니 원형의 구속력에서 나오도록 이끌어서 자기에게로 인도하는 인도자 또는 매개자가 되기 때문에 아니마는 신화에서 종종 현자와 나란히 조력자로 나타난다.

5. 현 자

현자는 신화와 꿈에서 다양한 모습으로 나타난다. 동물의 형상을 띠기도 하고 장난스러운 도깨비, 난장이로 나타나기도 하며 고상한 형태로는 은자, 스승, 사제로 출현하기도 한다. 현자는 "인간, 꼬마 도깨비 혹은 동물형태를 띤 영혼의 원형(현자)은 통찰력, 이해, 좋은 충고, 결정, 계획 등이 필요하지만 자신만의 능력으로는 얻을 수 없을 때 항상 나타난다. 그 원형은 그 틈새를 메우기 위해 마련된 내용으로 이러한 정신적 결함을 보충한다"(*AC* 215, 216. par. 398)는 융의 설명에서 볼 수 있듯이 개성화로의 진전을 도와준다.

현자가 베푸는 것은 필요한 물건을 선사하는 구체적 도움에서부터 심오한 통찰력과 직관력을 통해 충고하거나 스스로 깨닫도록 만드는 정신적 도움에 이르기까지 다양한 형태로 나타난다. 현자는 이러한 방법을 통해 자아를 자기로 인도함으로써 개성화 과정을 이루는 데 있어 결정적 도움을 제공한다.

6. 자 기

자기는 의식, 개인 및 집단적 무의식의 중심으로서 의식과 무의식을 통합하는 핵심이다. 모든 정신에너지는 자기에서 나온다. 자아가 무의식의 원형을 접하면서 자기로 향하는 작용도 궁극적으로는 자기에서 비롯된다. 자기는 융이 다음에서 설명하듯이 개성화의 출발인 동시에 종착점으로서 인간정신의 최대 잠재력을 내포한다.

인생은 흐름, 미래로의 흐름이지 정지나 역류가 아니다. 그러므로 신화적인 구세주들이 동자 신인 것은 놀라운 일이 아니다. 이것은 개인 정신에 대한 우리 경험과 정확히 일치하는데 그것은 '동자'가 인격의 미래로의 변화의 길을 연다는 것을 보여준다. 개성화 과정에서 그것은 인격의 의식과 무의식의 합성에서 나오는 형체를 예고한다. 그러므로 그것은 대극을 통합하는 상징, 중재자, 치료자, 즉 전체를 만드는 것이다. …… 나는 의식을 초월하는 이 전체성을 '자기'라고 부른다. 개성화의 목적은 자기와의 통합이다.

Life is a flux, a flowing into the future, and not a stoppage or a backwash. It is therefore not surprising that so many of the mythological saviors are child gods. This agrees exactly with our experience of the psychology of the individual, which shows that the "child" paves the way for a future change of personality. In the individuation process, it anticipates the figure that comes from the synthesis of consciousness and unconscious elements in the personality. It is therefore a symbol which unites the opposites; a mediator, bringer of healing, that is, one who makes whole. …… I have called this wholeness that transcends consciousness the "self". The goal of the individuation process is the synthesis of the self. (*AC* 164)

인간이 자기를 실현하면 그 자체로 독자적이며 완전한 개성적 인격체가 된다. 개성화는 자아가 자기를 접하고 이를 의식으로 승화하는 과정이다. 이를 통해 의식의 중심인 자아가 자기와 대극을 형성하여 끊임없이 상호작용함으로써 의식이 무의식의 요구에 대해 열려져 있는 건강한 상태를 유지할 수 있다.

본 장에서는 개성화 과정을 집단적 무의식과 주요 원형을 중심으로 고찰하였다. 개성화는 의식의 중심인 자아가 의식과 무의식 전체의 중심인 자기를 인지하고 의식화하는 과정이다. 이와 같은 자기실현을 위해서 자아는 집단적 무의식의 원형들을 경험하는데 주요 원형은 그림자, 아니마, 어머니 원형, 현자, 자기이다. 개성화는 자아가 이 원형들을 순서대로 모두 인지하면서 이루어지기도 하고 정신의 주체가 처한 상황에 따라 그 순서를 그대로 따르지 않고 어느 특정한 원형 하나만을 경험함으로써 이루어지기도 한다. 본 연구에서는 이 원형들을 인지하는 개성화 과정을 따라 그림자, 아니마와 어머니 원형, 현자, 자기를 차례로 다루고 있으며 각각의 원형을 중심으로 개성화의 진행정도를 고찰한다.

Ⅲ. <샤이닝>

<샤이닝>(*The Shining*), <미저리>(*Misery*),
<쇼생크 구원>(*The Shawshank Redemption*),
<스탠 바이 미>(*Stand by Me*)

〈샤이닝〉에 나타난 잭 토랜스의 개성화의 실패는 그림자의 파괴적 작용에서 비롯되었다. 그림자는 흔히 동성에게 투사되거나 환상 속에서 동성의 인물로 나타나는데 잭의 경우 로이드와 그래디의 환영으로 나타난다. 본 장 첫 부분에서는 로이드와 그래디의 환영이 그림자로서 잭의 의식세계를 조종하고 지배하는 양상을 다루고자 한다. 이처럼 그림자가 출현하여 의식세계를 지배하려 들 경우 정신의 주체는 자아와 그림자로 분열된다. 〈샤이닝〉에서는 잭의 정신분열을 상징하는 다양한 이중적 이미지를 발견할 수 있는데 이를 본 장의 두 번째 부분에서 살펴보고자 한다. 그림자는 무의식을 인식하는 첫 걸음으로서 그림자 문제를 해결하지 못할 경우 무의식 전체는 의식에 의해 억압됨으로써 거대한 파괴력으로 주체를 장악할 수 있다. 본 장 세 번째 부분에서는 이처럼 그림자를 적절히 인지하지 못해서 무의식에 의해 압도당하는 잭의 비극적 종말을 무의식의 상징인 오우버룩 호텔과 정원의 미로를 통해 살펴본다.

잭의 비참한 최후는 그의 삶을 이루는 두 가지 상반된 요구 사이의 갈등에서 시작된다. 하나는 가장과 직업인으로서 수행해야 할 의무에서 발생하는 외적 요구이며 다른 하나는 훌륭한 작품을 집필하고자 하는 내적 요구이다. 잭이 오우버룩 호텔의 관리인 직을 원한 이유는 그동안 소홀했던 작품집필을 위한 조용한 공간과 시간적 여유를 얻는 동시에 가족의 생계도 해결할 수 있기 때문이다. 그러나 잭은 외적 욕구에만 치우친 나머지 자신이 원했던 방향과 정반대로 변하기 시작한다. 잭은 그의 그림자를 상징하는 로이드와 그래디의 지시에 맹종함으로써 결국 죽음에 이른다. 이처럼 잭 앞에 환영으로 나타나는 그림자를 살펴보면 다음과 같다.

1. 잭의 그림자: 로이드와 그래디의 환영

로이드와 그래디가 잭 앞에 나타나서 그를 교묘히 조종하는 현상을 잭 내부의 또 다른 인격체, 즉 다중인격의 출현이라고 볼 수 있다. 다중인격이 나타나는 현상을 그림자의 작용으로 설명할 수 있다. 다중인격체는 의식에 의해 억압된 열등한 성질이 불거져 나와 마치 자아인 양 행동하는 그림자인 것이다.[3]

로이드와 그래디가 잭의 그림자라는 것을 우선 둘의 시각적 이미지를 통해서 볼 수 있다. 로이드의 경우 그가 입고 있는 붉은 옷은 죽음의 이미지를 보여주며 그가 뒤로 하고 있는 진열장이 거울로 이루어

---

3) 『우리 마음속의 어두운 반려자 그림자』, 이부영, 한길사, 1999, 246, 247
　　"이런 관계를 심리학적으로 설명하면 자아의식이 이성적 태도를 길러가는 가운데 의식에서 배제된 동물적 공격본능은 무의식에 남아 그림자를 형성하게 되었고 그러한 억압이 오래 지속되는 가운데 그림자는 의식의 자아를 능가할 만큼 큰 세력을 갖추게 되었고 자아를 대치하기에 이르렀다고 할 수 있다. …… 자기가 자기의 모습을 보는 자가시현상(autoscopy)은 실제로 임상에서 목격되는 정신의 해리현상이다. …… 자아가 여러 개로 쪼개져서 번갈아 여러 인격이 의식면에 나오는 이중인격, 다중인격도 인격장애현상이다. 물론 이 모든 경우에 똑같은 '나'가 여러 개 나오는 것은 아니고 완전히 다르거나 약간 다른 성격들이 해리된 상태에서 나타난다."

져 있는 것은 잭의 정신분열을 상징한다. 그래디의 경우에도 그가 잭과 대면하는 장소가 온통 붉은색과 거울로 이루어져 있는 것에서 죽음과 분열의 이미지를 볼 수 있다.

로이드와 그래디는 잭 내부에 잠재되어 있는 파괴적 본능이 표출된 다중 인격체이다. 그들은 잭의 동물적 본성을 불러일으켜서 그로 하여금 광기와 폭력에 빠지도록 유도한다. 바텐더 로이드는 잭을 알코올 중독에 빠지게 해서 그의 의식을 마비시키고 그래디는 잭의 폭력성을 부추겨서 가족을 몰살하도록 유도한다.

잭이 로이드, 그래디와 만나는 것은 환상의 파티에서이다. 잭이 호텔의 무도회장으로 들어올 때 텅 비었던 바 진열장은 술병으로 가득차고 바텐더 로이드가 나타나 공손하게 잭을 맞이한다. 로이드는 잭에게 술을 주면서 잭의 신용이 좋기 때문에 돈을 낼 필요가 없다고 함으로써 잭이 원하면 언제든지 술을 마실 수 있음을 보여준다. 잭에게 술을 권하는 로이드는 알코올 중독자였던 잭으로 하여금 다시 술에 빠지게 만든다.

잭이 다시 알코올 중독에 빠지는 것을 그림자의 작용으로 설명할 수 있다. 인간이 문명세계의 이상으로 보이는 것들, 예를 들어 직업과 사업에서의 성공 같은 표면적 요구에만 집착할 때 유아적이며 원시적 본능들은 억압되어 무의식에 쌓인다. 이때 억압된 요구들은 한순간 뜻하지 않게 분출되기 마련인데 그것이 나타나는 양상으로 신경증, 약물 중독, 알코올 중독을 들 수 있다(*CW* 6 339, 340. par. 573). 잭의 알코올 중독은 극단적 폭력성을 야기해서 잭은 술을 마신 뒤부터 비정상적 행로를 향해 치닫기 시작한다.

이전에 호텔 관리인이었던 그래디는 로이드보다 더욱 강력하게 잭의 의식을 조종한다. 그래디는 의식세계의 잭보다 훨씬 더 어둡고 강한 힘을 지니고 있다. 이는 그가 '샤이닝' 능력을 지니고 있는 것에서 엿볼 수 있다. 영화에서 호텔 요리사인 할로렌(Halloran)의 설명에 의하면 '샤이닝'은 말을 하지 않고도 텔레파시적 직관력을 통해 상대방의 마음을 감지할 수 있는 초능력을 말한다. 그래디는 샤이닝을 통해 호텔에서 벌어지는 모든 상황을 파악하면서 잭에게 지시를 내린다. 그는 이전에 오우버룩의 겨울 관리인으로 지내다가 두 딸과 아내를 도끼로 살해했었는데 이제 잭에게도 아내 웬디와 아들 대니가 버릇없이 굴면 본때를 보여줘야 한다고 부추긴다.

그래디와 대면 이후 잭은 가족을 해치러 달려든다. 웬디에게 서서히 접근하면서 잭은 자신이 맡은 책임, 즉 오우버룩 호텔을 관리하는 일이 얼마나 중요한지 웬디가 조금도 이해하지 못한다고 비난한다. 위협을 느낀 웬디는 야구 방망이로 잭을 내리쳐서 쓰러뜨리고 주방의 음식창고에 가두어버린다.

잭이 음식창고에 갇혀 있을 때 그래디의 목소리가 잭에게 들려온다. 그래디는 "내가 보기에 당신은 우리가 의논한 것을 잘 처리하지 못할 것 같군요. …… 당신이 이 일에 열중하지 않는 것 같다고 믿게 되었어요"라고 하면서 잭을 추궁한다. 그는 다음과 같이 가장 잔인한 방법으로 가족을 몰살하라는 지시를 내린다. "당신은 이 일을 가능한 한 잔인하게 처리해야 할 것 같소. 그것이 유일하게 해야 될 일일 것 같은데." 잭이 가족을 몰살할 것을 약속하자 그래디는 창고의 문을 열어준다. 이때부터 잭은 그래디처럼 도끼를 들고 가족을 몰살하려고 달려든다.

잭 앞에 로이드와 그래디의 환영이 나타나 그의 동물적 폭력성을 불러일으키는 현상은 잭의 의식세계에 그림자가 침범하는 것을 반영한다. 잭의 의식은 서서히 자아와 그림자로 분열되어 버린다. 이처럼 분열된 잭의 정신을 이중성을 상징하는 다양한 이미지를 통해 엿볼 수 있다.

2. 이중성의 이미지

이중성을 상징하는 모티프를 크게 세 가지로 분류할 수 있다. 그것은 첫째, 이중적 이미지를 보여주는 인물의 출현, 둘째, 소품 및 배경으로 쓰인 거울, 셋째, 이중성을 상징하는 대칭관계를 보여주는 다양한 형식적, 기교적 장치이다.

1) 이중적 이미지의 인물

우선 쌍둥이 같은 모습으로 나타나는 그래디 자매의 환영을 들 수 있다. 쌍둥이 같이 보이는 그래디 자매는 머리모양과 의상을 통일하고 동작과 대사를 동시에 처리함으로써 인위적으로 쌍둥이처럼 보이도록 연출되었다. 그러나 자세히 보면 둘은 신장과 생김새가 약간씩 다른 언니와 동생임을 알 수 있다. 이처럼 동일해 보이지만 자세히 보면 서로 다른 그래디 자매는 잭이라는 동일한 한 인물의 내면이 실재로는 서로 다른 인격체로 분열되어 있음을 효과적으로 상징한다.

그래디 자매의 환영이 반복적으로 나타나는 것은 잭의 정신적 분열을 상징하는 동시에 잭이 정신분열로 인해 아들 대니를 살해하려고 달려들 것임을 보여주는 복선으로 작용한다. 이 복선으로서의 역할은 대니가 잭에 의해 살해당할 위험에 처해 있듯이 그래디 자매가 이전에 아버지에 의해 무참히 살해당했다는 사실에 의해 더욱 부각된다. 그들은 잭의 내부에서 정신적 분열이 서서히 진행되어 그가 아들 대니에게 위협적인 존재로 변해갈 때부터 대니의 환상 속에 반복적으로 나타난다. 급기야 잭의 폭력이 극을 향해 치달을 때 그래디 자매는 대니에게 자신들의 세계로 들어오라고 유인한다. 그들은 대니 앞에 나타나서 "안녕 대니, 이리 와서 우리와 같이 놀자. 이리 와서 우리와 같이 놀자. 영원히, 영원히 그리고 영원히"라고 하면서 점점 다가온다. 다음 순간 대니 앞에는 끔찍하게 살해되어 호텔 복도에 널려져 있는 그래디 자매의 시체가 나타난다.

그래디 자매와 더불어 이중성을 상징하는 인물로 대니를 들 수 있다. 대니의 의식은 대니와 토니(Tony)라는 내면의 인격체로 분열되어 있다. 로이드와 그래디가 잭의 그림자이듯 토니도 대니의 그림자이다. 대니와 토니 관계는 로이드, 그래디와 잭 관계와 병치를 이룸으로써 정신적 분열의 모티프를 부각시킨다. 로이드와 그래디가 강력한 힘으로 잭의 의식을 장악하듯이 토니도 대니의 의식을 마비시킬 정도로 엄청난 힘을 지니고 있다.

토니는 강력한 샤이닝 능력을 지니고 있어서 앞으로 닥칠 위험을 예견하기도 하고 멀리 있는 할로렌에게 도움을 요청하는 텔레파시를 보내기도 한다. 토니는 대니에게 엘리베이터에서 피가 쏟아지는 장면과 그래디 자매의 환영을 보여줌으로써 잭이 벌일 끔찍한 일들을 암시적으로 제시한다. 토니가 보여주는 환상은 그림자가 때로 긍정적인 양상과 부정적인 양상을 동시에 내포하듯이 대니에게 이중적으로 작용한다. 토니는 대니에게 닥칠 위험을 미리 알려주지만 대니에게 그것은 극도의 공포심을 자아내어 의식을 마비시킨다. 토니가 대니에게 환상으로 보여주는 장면은 대니에게 닥칠 잭의 공격을 미리 보여주는 예지력의 작용인 동시에 감당하기 벅찬 충격으로 다가와서 대니를 기절시킨다.

대니에게 토니가 최초로 나타난 것은 잭이 술김에 대니 팔을 부러뜨렸을 때이다. 잭이 대니를 해치려 들수록 토니는 더욱 자주 나타나고 잭이 그래디의 조종에 따라 완전한 살인마로 돌변하자 대니도 토니로 변해 버린다. 웬디가 토니에게 대니에 대해 묻자 토니는 "대니는 여기 없어요, 토렌스 부인. 대니는 깨어 날 수 없답니다"라고 하는데 이는 잭이 그림자에 압도당한 상황과 병치를 이룬다.

이중성을 상징하는 또 다른 인물로 237호 여인을 들 수 있다. 그녀의 앞은 아름다운 모습이나 뒤는 썩은 송장인 이중적 이미지는 분열의 모티프를 효과적으로 보여주는 또 다른 장치이다. 그녀가 있는 237호 또한 이중성을 상징하는 소품으로 이루어져서 두 개의 문, 두 개의 문고리가 있고 내부는 분열을 상징하는 거울로 이루어져 있다. 이 장면에서 쓰인 카메라의 기법 또한 그녀가 잭의 정신을 상징한다는 것을 뒷받침한다. 잭이 237호에 들어갈 때 카메라는 잭의 시점에서 237호 내부와 여인을 비춘다. 카메라의 주관적 시점은 인물의 내면세계가 반영될 때 주로 쓰이므로 이 장면의 카메라 기법은 237호 여인이 잭의 분열된 내면을 상징하는 이미지임을 보여주는 장치라고 할 수 있다.

잭은 그 여인의 매혹적인 자태에 이끌려 키스하다가 그녀의 뒷모습이 끔찍한 시체라는 것을 발견한다. 다음 순간 그녀는 온통 썩어가는 시체로 변해서 잭을 공격한다. 이러한 그녀의 모습은 자아와 그림자로 분열된 잭의 정신이 서서히 그림자에 압도당해서 그림자가 그의 의식을 장악하는 것을 보여준다.

그녀가 잭의 분열된 정신을 상징한다는 것은 그녀가 대니를 공격한 것에서도 찾아볼 수 있다. 대니는 처음부터 237호에 대해 불길한 기운을 감지한다. 그는 호텔 복도를 달리다가 237호 앞에 이른다. 이 장면에서 음산한 음악을 배경으로 굳게 닫힌 방을 응시하는 대니를 통해 여기에서 있을 대니의 끔찍한 체험에 대한 전조를 느낄 수 있다. 237호 여인의 대니 공격은 '수요일' 부분에서 나타난다. 자동차를 가지고 노는 대니에게 공이 굴러온다. 공이 굴러온 곳을 보던 대니는 붉은 키가 꽂힌 채 열려 놓여 있는 237호에 들어간다. 이때 화면이 바뀌면서 잭이 타이프 앞에서 신음소리를 내며 웬디에게 자신이 가족을 죽이는 꿈을 꾸었다고 말하는 장면이 나온다. 이때 목에 상처를 입은 대니가 손가락을 입에 물고 넋이 나간 모습으로 그들에게 다가온다.

잭은 그 여인이 대니를 공격했다는 웬디의 말을 확인하기 위해 237호에 들어가서 그 여인을 목격하지만 웬디에게는 그 여인의 존재를 부정하고 대니가 자해한 것이라고 우긴다. 이처럼 237호 여인이 대니를 공격한 같은 시간에 잭이 대니를 해치는 악몽에 시달렸다는 것과 그녀가 대니를 공격했다는 것을 부정하고 대니가 자해했다고 우기는 것은 그녀가 곧 잭이며 그녀의 이중적 이미지가 잭의 정신분열을 상징한다는 것을 뒷받침한다.

2) 거 울

〈샤이닝〉은 다양한 거울 이미지를 통하여 잭의 정신분열을 제시한다. 자네티가 "거울장면은 자기분열과 환상 대 현실이라는 주제를 암시하기 위해 종종 사용된다"(Giannetti 168 주 71)고 지적하듯이 거울은 잭의 경우처럼 인물의 정신분열을 상징할 때 효과적으로 쓰일 수 있다. 〈샤이닝〉에 나타난 대표적 거울장면을 살펴보면 다음과 같다.

웬디가 카트로 식사를 가져오는 장면에서 잭은 몇 분간 거울을 통해 보이고 이때 관객은 순간적으로 거울 속의 잭이 진짜 잭이라고 여기게 된다. 또한 잭이 237호에서 아름다운 여인과 키스하다가 거울을 통해 그녀의 뒷모습이 썩어가는 시체라는 것을 알게 되는 장면도 거울이 상징하는 이중성의 모티프를 보여준다. 앞서 살펴보았듯이 잭이 로이드와 그래디를 대면할 때도 거울은 주된 배경으로 쓰인다. 로이드와 만나는 장면에서 잭의 맞은편 바의 진열대는 온통 거울로 가득 차 있고 그 앞에서 로이드가 잭을 맞이한다. 잭과 그래디가 만나는 방도 온통 거울로 이루어져 있다.

대니가 토니와 대화할 때도 거울 속의 자신과 말을 한다. 잭이 오 우버룩 호텔의 관리인이 되자 대니는 거울 속에서 그래디 자매와 엘 리베이터에서 넘쳐 나오는 피의 환영을 본다. 붉은 피가 넘쳐나는 엘 리베이터 장면은 그림자로 인한 폭력과 살육을 상징한다.[4] 토니에 게 사로잡힌 대니는 '레드럼'(REDRUM)이라는 글자를 문에 써서 웬디에게 잭이 오고 있다는 것을 알려주려고 한다. 웬디는 그 글자 가 무엇을 의미하는지 이해하지 못하다가 거울에 비춰진 것을 보고 '머더'(MURDER)임을 알게 된다.

---

4) *Understanding Movies.* Louis D. Giannetti. New Jersey: Prentice-Hall Inc., 1972. 38

엘리베이터에서 쏟아져 나오는 붉은 피는 잭이 대니를 본격적으로 공격 하기 시작할 때 호텔전체를 뒤덮을 정도로 넘쳐난다. 피 이미지는 '레드 럼(REDRUM)', 호텔의 붉은 카펫, 의상 등 영화 곳곳에서 보인다. 이 영 화에서 붉은색의 반복적 사용은 등장인물의 불안한 심리와 살육을 감각 적으로 제시하고 놓여 있다. 다음과 같은 자네티의 지적처럼 색은 관객의 감각에 호소하기 때문에 색이 불러일으키는 심리적 효과는 훨씬 직접적 이고 선명하다.

"심리학적으로 볼 때 영화 속 색상은 잠재의식적 요소가 되는 경향이 있다. 즉 그것은 의식적이거나 지적이라기보다 그것이 제시하는 바가 매우 정서적이 고 풍부한 표현에 의한 분위기 묘사라는 것이다. 대개 차가운 색(청, 녹, 자)은 고요함과 냉담, 침착을 상징하는 데 반해 따뜻한 색(적, 황, 홍)은 공격성과 불 안, 자극을 나타낸다."

"Psychologically color tends to be subconscious element in film: it is strongly emotional in its appeal, expressive and atmospheric, rather than conscious or intellectual. In general, cool colors(blue, green, violet) tend to suggest tranquility, aloofness, and serenity. Warm colors(red, yellow, orange) tend to suggest aggressiveness, restlessness, and stimulation."

3) 대칭을 이루는 형식적 요소

앞서 살펴본 인물과 거울이 분열된 정신을 상징하는 것은 대칭관계를 보여주는 다양한 형식적, 기교적 장치에 의해 뒷받침된다. 이를 살펴보면 다음과 같다. 첫째로 앞 시퀀스와 뒤 시퀀스에서 서로 상응하는 동일한 장면이나 설정이 보이는 장면전환의 대칭을 들 수 있다. 영화의 첫 시퀀스에서 멈추지 않고 이동하던 카메라는 오우버룩 호텔에서 정지한다. 이때의 미장센은 장면 중앙에 호텔이 위치한 것이다. 다음에 이어지는 보울더에 있는 잭의 집 시퀀스의 첫 장면도 집이 화면 중앙에 위치함으로써 앞 호텔 장면과 대칭을 이룬다. 또한 대니가 호텔에 도착하던 날 닷트놀이를 하며 노는 장면은 이후에 잭이 호텔 벽을 향해 공을 던지며 노는 장면과 대칭을 이룬다. '오전 8시'(8 am.) 장면에서 웬디는 잭이 쓴 수십 장의 원고가 단지 "일만 하고 놀지 않는 것은 잭을 멍청한 아이로 만든다"(All work and no play makes Jack a dull boy)라는 문장으로만 가득 채워져 있음을 알게 되는데 그 문장들이 이루는 기하학적 모양은 정원 미로를 위에서 찍은 장면에서 나타나는 미로의 꼬불꼬불한 패턴과 대칭을 이룬다.

분열은 화면을 반으로 가르는 미장센에서도 보인다. 호텔 복도 양 옆으로 방들이 늘어서 있는 대칭구도, 대니의 환상에 나타나는 붉은 피가 쏟아지는 엘리베이터 양쪽 문의 대칭, 잭의 침실에 있는 창문의 대칭은 모두 이러한 주제를 뒷받침하는 장치이다.

영화전체가 여러 시간단위로 나누어져서 제시되는 것도 분리를 효과적으로 보여주는 장치이다. 각 시퀀스가 검은 화면에 시간이 적혀 있는 동일한 이미지로 시작되어 대칭관계를 이루는 동시에 영화가 진행되어감에 따라 나누어지는 시간의 단위가 달에서 요일로, 절정과 결

말에서는 시간단위로 나누어짐으로써 시시각각 다가오는 위험을 효과
적으로 제시하면서 긴장을 증폭시킨다.

이상으로 살펴본 이중성을 상징하는 모티프에서 보이듯 잭의 정신
세계는 서서히 그림자에 의해 압도당하게 된다. 잭이 그림자의 어두운
힘을 극복하지 못함으로써 그의 무의식은 의식세계를 엄습하고 잭의
개성화는 철저히 좌절된다. 다음에서 이와 같은 잭의 죽음과 개성화의
실패를 살펴본다.

3. 잭의 개성화의 실패

그림자는 인간이 무의식을 인지하기 위해 거쳐야 하는 최초의 관문
이므로 그림자가 적절히 의식화되지 못하는 한 의식은 무의식을 인지
할 수 없다. 이때 억압된 무의식 전체는 어두운 파괴력으로 변하여 주
체를 파멸로 이끄는데 〈샤이닝〉에서 오우버룩 호텔과 정원의 미로는
잭의 비극적 죽음을 가져오는 무의식을 상징한다. 그러므로 잭의 개성
화의 좌절을 오우버룩 호텔과 미로를 중심으로 고찰할 수 있다.

1) 오우버룩 호텔

잭이 개성화의 좌절을 겪는 것은 오우버룩 호텔의 어두운 위력에
사로잡히면서부터이다. 무의식의 상징인 호텔은 '굽어보다', '내려다보
다'라는 뜻의 이름처럼 잭 위에서 그를 조종하고 압도한다. 잭을 엄습
하는 호텔의 어두운 마력은 거대한 성을 연상시키는 외부와 웅장한
내부에서부터 보이는데 이를 배경으로 카메라의 움직임과 높이, 호텔

안에서 나타나는 환영의 이미지는 호텔의 상징성을 부각시킨다.

호텔은 고도의 자율성을 지닌 생명체로서 의식을 마비시키는 강렬한 감정적 충동으로 잭을 끌어들인다. 잭은 처음부터 호텔에 강렬하게 이끌린다. 호텔의 빨아들이는 듯한 마력은 잭이 구직면접을 위해 숲 속을 달려가는 영화 첫 장면의 촬영기법으로 효과적으로 암시된다. 카메라는 항공촬영으로 커트 없이 미끄러지듯 잭이 탄 자동차를 지나 오우버룩 호텔까지 흐름으로써 잭이 호텔로 이끌려가는 느낌을 자아낸다.

이 장면의 부감앵글은 영화평론가 폴린 카엘(Pauline Kael)이 "기어가는 벌레를 신이 내려다보는 것 같다"(Stephens http://www.eusa.ed.ac.uk 99-06-21)고 한 데서 볼 수 있듯 오우버룩 호텔의 절대적 위력에 희생되는 잭의 운명을 효과적으로 암시한다. 그 이유는 등장인물이 부감앵글로 보일 때 무엇인가에 의해 지배당하거나 위험이 닥쳤다는 느낌을 주기 때문이다. "문학의 전지적 작가시점과 유사함을 보이는 부감앵글은 관객에게 새가 사물을 내려다보는 시각을 제공함으로써 자신이 연속되는 일련의 장면을 지배할 수 있다고 느끼게 한다"(Giannetti 30)라는 자네티의 지적처럼 부감앵글은 피사체가 무엇인가에 의해 통제받고 있다는 느낌을 자아낸다.

이 시퀀스에서 미끄러지듯 이동하던 카메라는 오우버룩 호텔에서 정지하면서 호텔의 전경을 비춘다. 이때 카메라가 갑자기 정지하면서 호텔이 보이는 것은 호텔의 갑작스러운 출현을 제시하는 듯한 효과를 유발하여 호텔이 공포를 불러일으키는 장소임을 암시적으로 보여준다.

호텔은 잭을 끌어들이는 힘을 지닌 동시에 사람을 조종할 수 있는 가공할 만한 위력을 가지고 있다. 그 위력은 다음과 같은 할로렌의 말처럼 샤이닝으로 나타난다. "단지 어떤 장소는 마치 사람과 같지. 일부는 빛나고(shine) 일부는 그렇지 않고. 오우버룩 호텔은 그것 주변에 샤이닝과 같은 것을 지니고 있다고 할 수 있지." 영화에서 샤이닝 능력을 지닌 인물은 잭, 대니, 할로렌이다. 그러나 할로렌이 간파하듯이 호텔은 이들 중 누구보다도 가장 강력한 샤이닝 능력을 지니고 있다. 잭, 대니, 할로렌의 샤이닝은 호텔의 거대한 위력에 압도되어 그들에게 실질적 도움이 되지 못한다.

잭에게 호텔은 영혼을 사로잡을 정도로 멋진 장소로 다가온다. 다음과 같은 대화에서 알 수 있듯이 그는 처음부터 호텔에 친숙함을 느끼고 완벽한 행복감에 빠진다. "어느 곳에서도 이렇게 행복하고 편안하지 않았어. …… 나는 여기에 금방 반했어. 내가 인터뷰하러 왔을 때 마치 전에 여기에 와본 것 같았어. 우리 모두 데자뷰의 순간들을 겪긴 하지만 이건 정말 놀라웠지."

호텔은 잭 앞에 화려한 군중과 성대한 파티의 환상을 펼쳐보이며 유혹한다. 잭은 호텔에 매료되어 대니에게 하는 다음의 대사에서 알 수 있듯이 여기에 영원히 머물고 싶어 한다. "나는 네가 여기를 좋아하기를 바란다. 우리가 여기에 영원히, 영원히 그리고 영원히 있을 수 있으면 좋겠다."

잭이 호텔에 사로잡히는 것은 무의식의 어두운 힘에 압도당하는 것을 암시한다. 그가 무의식에 압도당할수록 잭은 웬디와 대니에게 위협적인 존재로 변한다. 그러므로 웬디와 대니에게 잭의 무의식을 상징하는 호텔은 죽음과 파괴적 본능의 장소로 나타난다. 웬디 앞에는 낡은 파티복을 입은 송장들이 나타나고 짐승 얼굴을 한 인간이 출현한다. 대니에게는 호텔이 피바다를 이루는 환상과 잔인하게 살해당한 그래디 자매가 출몰한다. 또한 237호에는 대니를 죽이러 달려드는 시체도 도사리고 있다.

호텔의 어두운 힘은 대니가 자동차로 호텔 복도를 달려가는 장면의 음향효과, 카메라 움직임, 높이에서도 드러난다. 자동차가 마루 위를 달릴 때 날카로운 소음과 카펫 위를 달릴 때 갑작스러운 정적이 반복되는 음향효과는 독특한 공포를 유발한다. 대니 뒤를 따라가는 카메라의 미끄러지는 듯한 움직임은 호텔 내부로 빨려 들어가는 느낌을 자아낸다. 카메라 높이 또한 주목할 만하다. 처음 두 장면에서는 대니와 비슷한 높이지만 세 번째에서는 대니보다 높은 위치에서 내려다보는 시선으로 따라간다. 이처럼 카메라가 대니보다 높은 위치에 있는 장면은 대니가 잭으로 인해 커다란 위험 아래 놓여 있음을 제시한다.

2) 미 로

잭의 최후는 정원 미로에서 보인다. 미로는 "그것(미로)은 숨겨진 가능성을 지닌 무의식을 표현하는 잘 알려진 상징이다. 그것은 인간이 그의 무의식의 그림자 쪽에 얼마나 노출되어 있는지 …… 보여준다"(Franz 175, 176)라는 프란츠의 지적에서도 볼 수 있듯이 파괴적 힘으로 엄습하는 잭의 무의식을 상징한다.

잭과 미로의 연관성은 잭이 호텔거실에 놓여진 미로의 미니어처를 내려다보는 것에서부터 나타난다. 이 장면에서 잭의 내려다보는 얼굴이 비쳐지며 다음 쇼트에서 카메라가 위에서 찍은 미로의 모습이 보인다. 여기서 관객은 카메라가 잭의 주관적 시점으로 미로의 미니어처를 내려다보고 있다고 여기게 된다. 그러나 카메라가 미로의 중심에 초점을 맞추어 내려가면서 그 안에서 움직이고 있는 웬디, 대니가 조금씩 보임으로써 관객은 그것이 실재의 미로임을 알게 된다. 이러한 트릭은 하이 앵글을 이용하여 잭이 웬디와 대니를 '내려다보고'(overlook) 있다는 느낌, 그들에 대한 잭의 폭력적인 장악을 제시하는 동시에 그곳에서 대니를 쫓다가 죽음을 맞이하는 잭의 최후에 대한 복선이 된다.

영화의 절정에서 잭은 미로에 갇혀 죽는다. 대니는 잭의 공격을 피해 호텔을 빠져나와 미로 속으로 들어간다. 이어서 잭도 도끼를 들고 대니를 찾으러 그 속으로 들어간다. 미로 속 추적장면은 눈이 가득 쌓인 미로에서 어두움을 배경으로 희미한 빛을 따라 달려가는 대니와 잭을 보여준다. 신화에서 무의식으로의 하강은 흔히 모체로의 회귀로 표현되는데 이 장면에서 미로는 눈과 어두움 때문에 마치 좁은 굴처럼 보여 이러한 상징성을 잘 보여준다.

이러한 세트를 배경으로 이 장면에서 쓰인 카메라 기법인 스테디캠(steadicam)은 무의식으로의 하강을 적절하게 제시하는 데 있어 중심적인 역할을 한다. 미로 속 추적장면은 스테디캠의 성공적인 도입으로 유명하다. 스테디캠은 핸드헬드 카메라에 충격완화장치를 부착하여 피사체를 따라가면서도 흔들림 없이 미끄러지듯 흐르는 화면을 제공한다. 이러한 방식은 등장인물이 그가 달려가는 방향으로 빨려 들어가는 듯한 느낌을 자아내기 때문에 잭이 무의식 세계로 이끌려 들어가는 상황을 적절하게 표현한다.

그림자를 적절히 의식으로 인지하고 통솔하지 못함으로써 잭은 그림자의 어두운 위력에 사로잡히고 그의 무의식 전체는 그를 압도하여 파멸시킨다. 그러므로 대니는 미로에서 가까스로 빠져나오지만 잭은 미로 속에서 길을 잃는다. 이어서 악마같이 경직된 얼굴만 남고 눈 속에 파묻혀 버린 잭의 모습이 화면을 가득 메움으로써 잭의 비극적 결말을 보여준다.

지금까지 〈샤이닝〉에서 잭을 통해 그림자로 인한 개성화의 좌절을 살펴보았다. 잭의 경우처럼 인간은 그림자를 인식하지 않는 한 항상 그것에 압도당할 위험에 노출되어 있다. 개성화를 이루는 과정에서 그림자는 중요한 출발점이 된다. 그림자 문제가 해결되지 못할 때 무의식은 자아에 의해 인지될 기회를 상실하고 억압되어 파괴적 힘으로 주체를 엄습한다. 잭의 몰락은 이처럼 그림자로 인한 개성화의 철저한 실패에서 비롯되었다고 볼 수 있다. 이러한 잭의 그림자는 환상 속의 인물로 나타나고 그림자로 인한 정신적 분열은 이중성을 상징하는 형식적 요소들로 표현되어 있으며 잭을 엄습하는 무의식은 호텔과 미로를 통해 효과적으로 제시되어 있다.

Ⅳ. <미저리>

<샤이닝>(*The Shining*), <미저리>(*Misery*),
<쇼생크 구원>(*The Shawshank Redemption*),
<스탠 바이 미>(*Stand by Me*)

앞 장에서는 그림자를 중심으로 잭의 개성화의 완전한 실패를 고찰하였다. 이번 장 〈미저리〉에서는 폴 셸던의 행적을 따라 개성화가 어느 정도 진행되지만 중도에서 좌절되는 과정을 살펴보기로 한다. 폴의 개성화로의 여정을 가로막는 것은 어머니 원형의 작용이다. 자아가 개성화로 나아가려면 어머니 원형의 영향력을 벗어나야 한다. 이때 자아를 어머니 원형의 굴레로부터 빠져나오도록 이끄는 역할을 하는 것이 아니마이다. 폴의 경우 어머니 원형의 영향력을 벗어나서 자기를 추구하려는 시도를 하지만 아니마가 적절히 작용하지 못함으로써 그의 개성화로의 여정은 더 이상 진전되지 못한다.

폴은 미저리라는 통속 로맨스소설의 작가이다. 미저리 시리즈는 무명작가였던 폴에게 작가로서의 부와 명성을 가져다주었다. 폴은 미저리를 통해 수많은 여성독자를 확보하여 그들의 성원 속에 작가로서 성장한다. 그러나 폴은 내심 미저리가 여성독자의 멜로드라마적 감성에만 영합할 뿐 자신이 바라는 진정한 작가주의적 소설이 아니라는 것을 알고 있다. 마침내 그는 미저리가 죽는 것으로 시리즈를 끝내고 새로운 작품에 착수한다. 폴이 진지한 작가로 거듭나기 위해서 미저리를 마치고 자전적인 성장소설을 쓰는 것은 개성화를 이루기 위한 출발이다. 그러나 그의 시도는 넘버원 팬이라고 자처하는 애니 윌크스(Annie Wilkes)가 나타남으로써 좌절된다.

애니는 폴이 미저리를 쓰는 동안은 그에게 전폭적인 도움을 주다가 그가 미저리를 벗어나서 진지한 작가로 성장하려고 할 때는 그를 가로막고 미저리로 다시 돌아가도록 강요한다. 폴에게 애니는 폴의 자아가 자기실현으로 나아가는 것을 방해하고 구속하는 공포의 어머니로 작용한다. 그녀는 애니라는 이름에서부터 다음과 같은 가쵸크의 지적처럼 어머니 원형을 의미하는 다양한 여신을 연상시킨다.

> 킹의 애니는 고대의 위대한 여신 혹은 대지의 어머니, 어두운 공포의 어머니와 맥락을 같이하고 이들의 후계자들인 무시무시한 극동 여신 애너스, 그리스의 아르테미스(애너 여신), 로마의 다이애너의 위협적인 면모를 갖고 있다. 마지막 두 '애너'는 기독교에서 상당히 다듬어진 모습으로 마리아의 어머니인 성 애너로 나타나는데 그녀에 대해 애니 윌크스는 아이러니한 닮음 꼴이다.
> King's Annie resonates with the dark side of the ancient Great Goddess or Earth Mother, the Dark and Terrible Mother, and with the threatening aspects of such descendants as the fearsome Near Eastern goddess, Anath, the Greek Artemis(Goddess Anna) and the Roman Dilana. The latter two "Anna" goddesses emerge tamed in Christianity as St. Anne, Mother of Mary, with whom Annie Wilkes shows primarily ironic resemblances. (Gottschalk 122)

애니는 생명부여와 파멸의 이중적 이미지를 가진다. "그리이스의 아르테미스 혹은 애너 여신은 달의 여신이면서 피조물의 여신이다. 그러나 그녀는 또한 사냥꾼으로서 그녀가 창조한 바로 그 피조물들의 파괴자이다"(Gottschalk 123)라고 가쵸크가 주장하듯이 애니는 창조와 보살핌의 선한 어머니 원형과 구속과 파괴의 공포의 어머니 원형을 상징한다. 애니가 이중적 어머니로 작용하는 양상을 살펴보면 다음과 같다.

1. 선한 어머니

〈미저리〉에 나타난 애니의 긍정적 어머니의 모티프를 살펴보면 다음과 같다. 폴은 호텔에서 소설을 마친 다음 자동차로 눈에 쌓인 산길을 내려오다가 길 아래 낭떠러지로 떨어져 의식을 잃는다. 이때 눈 속에서 애니가 나타나 피투성이의 폴을 차에서 끄집어낸다. 그녀는 인공호흡으로 그가 다시 숨 쉬도록 만든다. 이 시퀀스에서 보인 차 안에서 힘들게 피투성이의 폴을 끄집어내는 장면은 분만을 연상시키고 인공호흡은 생명부여를 상징한다.

애니는 꼼짝할 수 없는 폴을 그녀의 집에 데려가서 의식을 회복하도록 보살펴준다. 폴이 서서히 의식을 차릴 때 다음과 같은 소리가 희미하게 들린다. "나는 당신의 넘버원 팬이에요. 걱정할 것 하나도 없어요. 당신은 괜찮아질 거예요. 내가 당신을 잘 보살필 거예요." 이 말은 울려 퍼지듯 희미하게 들려서 폴의 정신 깊은 곳에서 들려오는 듯한 느낌을 주면서 간호와 보살핌을 베푸는 애니의 긍정적 어머니의 이미지를 보여준다.

애니는 마치 갓난아이를 돌보는 어머니처럼 꼼짝할 수 없고 혼자서 생존할 수 없는 상태에 놓인 폴을 먹여주고 보살펴준다. 보살피는 어머니 이미지는 애니가 전직 간호사였다는 것에서도 뒷받침된다. 애니가 폴에게 음식 먹이는 장면이 자주 등장하는 것도 어머니의 보살핌과 양육의 모티프를 보여준다. "폴, 당신을 너무 사랑해요", "아기 같으니라구……(like a baby……)" 등과 같이 애니가 폴에게 하는 대사에도 어머니와 자식을 연상시키는 '사랑', '귀여운(dear)', '아기' 등이 자주 등장한다.

애니는 이처럼 처음에는 긍정적 어머니로 나타나지만 폴이 미저리 시리즈의 주인공 미저리를 죽게 함으로써 그 시리즈를 끝냈다는 것을 알게 되자 공포의 어머니로 돌변한다. 애니가 공포의 어머니로 작용하는 점을 살펴보면 다음과 같다.

2. 공포의 어머니

애니가 폴에게 공포의 어머니로 작용하는 것은 미저리의 죽음으로 시작된다. 폴은 자신을 진정으로 반영하는 글을 쓰기 위해 미저리 시리즈를 벗어나서 새로운 작품을 집필한다. 그러나 폴의 시도는 애니에 의해 무산되고 그는 애니의 강요에 못 이겨 미저리의 귀환을 쓰게 된다. 이처럼 애니가 미저리를 통해 공포의 어머니로 작용하는 것을 살펴보면 다음과 같다.

1) "무제" 원고와 가방

폴이 미저리를 끝내고 새로 쓴 작품은 폴의 전기인 것으로 암시되어 있다. 새로 집필한 소설은 진지한 소설가로 성장하기 위한 시도로서 폴의 자기를 향한 추구의 시작이다. 그러나 폴의 개성화의 여정은 불안한 출발을 보인다. 폴은 자신이 무엇을 쓰고자 했는지 갈피를 잡지 못해서 원고 제목을 "무제"라고 남겨놓는다.

폴의 자기를 추구하는 노력이 공포의 어머니에 의해 좌절되는 것은 애니가 새 작품의 제목을 묻자 폴이 "몰라요. 우습게 들리겠지만 그동안 미저리에만 매달리다 보니 정신이 없었어요. 당신이 읽고 내용을 말해줘요, 제목도 정해주고"라고 하면서 제목을 지어달라고 하는 것에서부터 보인다. 애니는 미저리가 죽은 것을 알게 되자 미저리의 귀환을 쓰게 하려고 "무제" 원고를 폴에게 태우도록 강요한다. 결국 새 원고는 애니가 지켜보는 가운데 불에 타 없어지고 폴은 다시 미저리로 돌아간다.

새 원고를 담은 가방 또한 폴의 자기를 상징한다. 이를 출판사 에이전트와 폴의 대화 시퀀스에서 볼 수 있다. 이 시퀀스는 폴이 자동차 사고를 당해서 기절하는 장면 다음에 폴의 뇌리에 떠오르는 형식으로 보인다. 시퀀스의 첫 장면은 폴이 움켜잡고 있는 가방의 클로즈업으로 시작된다. 이 장면에서 폴은 낡은 가방을 껴안으며 자신의 옛 친구라고 부른다. 그는 자신이 작가로 처음 입문했을 때 그 가방을 사용했었는데 옷장에서 그것을 다시 찾았다고 한다. 폴은 그 가방을 쓰지 않았을 때, 즉 자기가 미저리 시리즈를 쓰는 동안은 진정한 작가가 아니었다고 한다. 그는 미저리가 그의 인생 전체가 되는 것을 원하지 않으며 만약 지금 그녀를 제거하지 않으면 결국 평생 그녀에 대해서만 써야 할 것이라고 한다. 폴은 가장 인기 있는 "미저리의 아기" 편에서 미저리가 아이를 낳다가 죽는 것으로 끝을 내고 이제 그 가방을 가지고 콜로라도로 가서 진지한 작품을 쓸 것이라고 한다.

가방은 영화 첫 부분에서 폴이 "무제" 원고를 마쳤을 때부터 여러 차례 클로즈업된다. 특히 자동차가 미끄러졌을 때 폴이 가방부터 잡는 장면은 폴에게 새 원고와 가방이 소중하다는 것을 보여준다. 그러나 폴이 자동차 사고로 기절했을 때 애니가 그 가방을 자기 품에 집어넣는 장면이 상징하듯 이후에 가방은 새 원고처럼 애니의 처분에 맡겨진다.

2) 자연 이미지와 애니의 집

〈미저리〉에서 애니 집을 둘러싼 주변 숲과 경치는 어머니 원형을 상징하는 요소로서 애니의 어머니 원형 상징을 부각시킨다. 자연을 모티프로 한 설정 중에서 대표적인 것은 영화의 시퀀스가 바뀔 때마다 애니 집이 있는 숲 속의 경치가 전환장면으로 쓰인다는 점이다. 전환장면은 애니의 집이 주변 숲을 배경으로 중앙에 위치한 미장센과 헬리콥터에서 찍은 숲의 경치 등 다양한 숲 속 장면들로 이루어진다. 또한 폴이 갇혀 있는 방 한쪽 면이 창문으로 되어 있어 밖의 숲이 모두 보이는 점, 애니가 폴에게 경치를 영감으로 글을 쓰라고 강요하는 것에서 자연의 모티프를 찾아볼 수 있다.

자연은 폴이 어머니 원형에 안주하고자 하는 것을 상징한다. 어머니에서 아기가 태어나듯 인간은 자연에서 나서 자연으로 돌아간다. 자연은 인간에게 어머니이고 인간은 종종 어머니 원형을 주변 자연에 투사한다. 폴은 작품을 쓸 때마다 애니가 살고 있는 동네인 콜로라도 깊은 숲에 위치한 작은 호텔을 찾는다. 그 이유는 처음 성공을 거둔 작품을 여기서 썼기 때문에 여기에서 작품을 쓰면 행운이 따른다는 미신적 믿음 때문이다. 그에게 미신적 안락함을 준다는 면에서 호텔과 주변 숲은 폴의 어머니 원형이 투사된 대상이다. 어머니 원형이 안정과 완전한 행복감을 제공하듯 자연도 무한한 만족감을 준다. 자연으로의 회귀는 어머니의 품으로 돌아가고자 하는 심리적 작용이다. 폴이 작품을 쓸 때마다 반복적으로 같은 장소를 찾아오는 것은 주변 경치가 어머니 원형으로 작용하기 때문이다.

그러나 어머니 원형이 공포로 작용할 때 자연은 위협적인 모습으로 탈바꿈한다. "무제"를 마치고 돌아오는 길에 폴은 눈 때문에 미끄러져서 낭떠러지로 떨어진다. 마치 눈이 겹겹으로 쌓인 낭떠러지가 폴을 집어 삼키듯이 폴이 탄 자동차는 그 속으로 전복된다. 그 후에 폴의 실종을 조사하는 데 실마리를 쉽게 찾지 못한 것도 이처럼 겹겹이 쌓인 눈과 가파른 낭떠러지 때문이다.

자연경치와 함께 날씨 또한 어머니 원형을 상징한다. 폴이 "무제" 원고를 마치고 돌아갈 때 느닷없이 들이닥쳐 폴을 낭떠러지로 떨어지게 한 눈보라는 폴에게 강압적으로 미저리만을 쓰도록 만드는 애니와 같다. 날씨는 시시각각 변하는 애니의 불안정한 정신상태를 효과적으로 암시한다. 애니가 기분이 좋을 때 밖의 날씨는 밝고 화창하다. 그러나 애니가 분노하거나 불안해할 때는 천둥이 치거나 비가 쏟아진다. 대표적인 예로 폴이 "미저리의 귀환"을 마쳐갈 때 갑자기 천둥이 치면서 비가 오는 것을 들 수 있다. 애니는 폴을 영원히 자기 곁에 두고 싶어 하는데 이러한 그녀와 폴을 연결시켜주는 매개체가 미저리이다. 그러므로 폴이 미저리를 다 써갈수록 애니는 그를 잃을지도 모른다는 극심한 불안에 시달린다. 이러한 애니의 격렬한 불안이 거친 날씨를 통해 효과적으로 보인다.

애니의 집은 숲을 배경으로 보이면서 날씨의 변화, 낮과 밤의 대조를 통해 애니의 어머니 원형을 나타낸다. 애니의 집은 숲을 배경으로 화면 중앙에 위치한 장면으로 제시되며 시퀀스의 전환을 표시하는 장치로 쓰인다. 애니의 감정상태에 따라 시시각각 변하는 날씨를 배경으로 숲 속에 놓인 애니의 집이 보임으로써 그 집 자체가 애니를 상징한다는 것을 알 수 있다. 또한 애니 집이 보일 때 낮과 밤의 대조를 통해서도 애니의 감정상태가 표현된다. 애니가 극도의 불안과 분노에 시달릴 때 애니의 집은 어두운 밤을 배경으로 보인다.

애니 집 장면에서 쓰인 구도 또한 애니의 감정상태를 나타내는 효과적인 장치이다. 애니가 기분이 좋을 때 그녀의 집은 안정된 구도로 보인다. 그러나 애니가 폴이 떠날까 봐 전전긍긍해할 때 애니의 집은 경사진 구도로 보인다. 이 구도는 기존의 수평, 수직적 균형을 깨서 불안정감과 임박한 위험을 암시한다. 자네티는 〈제3의 사나이〉(*The Third Man*) 장면을 예로 들며 이 구도가 불균형감과 들이닥친 위험을 표현한다고 한다(Giannetti 16. 주15). 그러므로 경사구도로 제시된 애니의 집은 그녀의 비정상적인 심리상태를 보여줌으로써 공포의 어머니가 불러일으키는 두려움을 제시한다.

3) 글자 n

애니는 미저리를 살려내라고 강요하면서 n자가 빠진 타자기를 사다 준다. 애니는 n자를 자기가 직접 써서 채워놓겠다고 한다. 애니가 폴이 쓴 원고에 n자를 써넣는 것은 폴의 창작활동에 그녀가 개입하는 것을 상징함으로써 애니가 공포의 어머니로 폴을 지배하려는 것을 나타낸다. n은 애니의 공포의 어머니의 작용을 나타내는 데 있어 다음과 같은 상징을 내포한다.

우선 n은 미저리를 통해 작용하는 애니의 '나르시시즘'(narcissism)을 상징한다. 나르시시즘은 정신의 에너지가 외부대상이 아닌 자기 자신으로 흐르는 자아도취적 성향을 말한다. 나르시시즘은 대상관계에 있어 그 대상 자체가 아닌, 그 대상에게 투사된 자기의 이미지에 도착적으로 매달리는 양상으로 나타날 수 있다. 애니가 미저리에 집착하는 이유는 애니가 자신에 대해서 바라는 모든 것을 미저리가 구현하고 있어서 미저리에서 자기의 이상적인 이미지를 보기 때문이다. 그러므로 아래에서처럼 애니가 극도의 절망감에 빠져 있을 때 미저리의 출현은 그녀에게 행복의 전기를 마련해준다.

> 애니: 남편이 떠났을 때 나는 준비가 되어 있지 않았어요. 힘든 시
> 기였죠. …… 미치는 줄 알았어요. …… 나는 독서를 많이
> 했어요. 그때 처음으로 미저리를 발견했어요. 그녀는 나를
> 매우 행복하게 했죠. 그녀는 나의 모든 문제를 잊게 해주었
> 죠. …… 물론 당신도 그것과 관계가 있다고 생각해요. 나는
> 그것들을 자꾸자꾸 읽었어요.
> When my husband left me, I wasn't prepared. It wasn't
> easy time. …… I thought I might go crazy. …… I did a
> lot of reading. That was when I first discovered Misery.
> She made me happy. She made me forget all my
> problems. …… I suppose you had something to do with
> that, too. I just kept reading it over and over.

애니는 미저리의 마지막 시리즈를 구해보고 미저리가 죽었다는 것을
알자 광분하기 시작한다. 애니는 격분하면서 '더러운 새'(dirty bird)라
고 폴을 비난한다. 애니는 미저리의 죽음에 대하여 히스테리적인 발작
을 보이고 사라진다. 한참 후 침착을 찾은 듯 다시 돌아온 애니는 폴에
게 새로 쓴 원고를 태워버리라고 요구한다.

애니는 미저리를 살려내는 것을 신의 뜻으로 믿는다. 그녀는 "신에
게 당신에 대해서 물어보았어요. 그리고 신이 말씀하시길, 네가 그에
게 길을 보여주도록 하기위해 내가 그를 너에게로 데리고 왔다라고
하셨어요"라고 하며 자신이 폴 인생의 길을 인도하도록 신에 의해 선
택되었다고 말한다.

애니는 바비큐 그릴에 원고를 올려놓고 휘발유를 부은 다음 폴에게
성냥을 주며 폴 자신이 직접 불을 붙여 태우라고 한다. 폴이 난감해하

면서 반항하자 애니는 폴이 누워 있는 침대 위로 휘발유를 뿌리며 은근히 위협한다. 폴은 할 수 없이 불을 붙여서 원고를 태워버린다. 그다음 애니는 "이제 그 천박한 원고를 태워버렸으니 당신이 가장 잘하는 것으로 돌아가세요. 새 소설을 쓸 수 있어요, 당신의 가장 위대한 업적인 '미저리의 귀환'을"이라고 하면서 폴에게 미저리로 돌아갈 것을 강요한다. 애니는 "그것('미저리의 귀환')은 나에게 헌정되는 책이 될 거예요. 내가 당신의 생명을 구하고 건강을 회복하도록 간호한 것에 대한. 오 폴! 나를 모든 세상에서 부러워하는 대상으로 만들 거예요"라고 함으로써 그녀를 위해 미저리를 살려내라고 한다.

애니는 미저리와 자신을 일치시켜서 생각하기 때문에 미저리에 관한 모든 것을 그녀가 원하는 방향으로 만들려고 한다. 그녀는 폴이 쓴 초안을 읽어보고 앞뒤 구조상 설득력이 없다면서 격렬하게 화를 낸다. 그녀는 자신을 소설의 영감으로 삼아서 쓰라고 한다. 애니는 미저리가 땅에 묻히는 것으로 끝났으니 거기에서 다시 시작하라고 함으로써 묻혀진 미저리를 다시 세상으로 살아 돌아오게 하라고 강요한다.

애니는 전 작품에서 보인 미저리의 죽음이 사실은 그녀가 일시적으로 정신을 잃어서 죽은 줄 알고 무덤에 묻은 것이고 "미저리의 귀환"에서 다시 그녀가 정신을 차리고 돌아왔다는 사실에 흥분하며 좋아한다. 애니는 미저리의 어머니가 밝혀지면서 그녀가 귀족출신임이 드러나는 부분에 대하여 매우 흥분하며 좋아한다.

애니는 미저리의 '고상함'(nobility)과 '귀족'(noble)에 관련된 이미지에 도착적으로 매달리는데 이런 의미에서 n은 이 두 가지 성질을 상징한다고 볼 수 있다. 애니의 신성함에 대한 집착은 그녀가 목에 걸고 나타나는 십자가 목걸이를 통해서도 볼 수 있다. 그녀는 미저리가 최고의 순수함으로 그려지기를 원한다. 애니는 고상한 언어로 미저리를 쓰도록 요구하면서 미저리와 미저리의 아기가 세상에서 가장 신성한 존재라고 한다.

애니가 폴로 하여금 미저리에게 신성함을 부여하도록 만드는 것은 폴의 정신을 지배하는 공포의 어머니의 작용을 보여준다. 어려서 실재의 어머니에게 투사되던 어머니 원형은 커서는 어머니를 대체할 수 있는 다른 대상으로 투사된다. 융은 꿈속에서 성당을 본 사람의 경우를 예로 들면서 성당이 실재의 어머니의 대체물이라고 한다(*CW 7* 104, par. 171). 어머니 원형이 투사되는 대상이 교회 같은 신성한 것일 때 고착은 더욱 강해지며 이때 정신적인 발달이 보다 심하게 지체되고 좌절될 수 있다. 애니가 폴의 작품이 신성함과 고상함을 갖추어야 한다고 강요하고 미저리를 고귀한 여자로 만들도록 하는 것은 이처럼 영적인 대상에 투사되는 보다 더 강력한 공포의 어머니 원형의 작용을 보여준다고 할 수 있다.

애니의 강력한 구속은 n이 노브릴(Novril)을 상징한다는 것과도 연결된다. 킹은 원작에서 노브릴이 실재하지 않는 가상의 약이라고 한다. 애니가 노브릴을 이용해서 폴의 정신을 지배하고 조정한다는 면에서 노브릴은 폴을 장악하는 공포의 어머니의 힘을 상징한다. 폴을 구속하고 조종하기 위해 애니는 노브릴이라는 약을 먹인다. 진통제의 일종인 노브릴은 처음에는 폴의 격렬한 아픔을 완화시켜 주지만 점점 필요 이상으로 투약됨으로써 그를 중독시킨다. 애니는 다량의 노브릴을 가지고 있다. 애니는 규칙적으로 폴에게 음식을 먹인 후 노브릴을 먹게 하는데 폴은 이 약에 취해서 더욱 꼼짝할 수 없게 된다. 폴이 회복되어가면서 애니 지배를 벗어나고자 할 때 노브릴을 먹지 않는 것도 약 기운에서 벗어나기 위한 것이다.

노브릴을 먹여 폴을 중독시키는 애니는 융이 다음과 같이 주장하듯 사람들을 취하게 만드는 공포의 어머니 원형을 연상시킨다. 융은 도시를 공포의 어머니의 상징으로 보았는데 대표적인 예의 하나로 바빌론을 들고 있다.

> 바빌론은 공포의 어머니의 상징인데 그녀는 그녀의 악마적인 유혹으로 사람들을 성적인 탐닉으로 끌어들이고 그녀의 술에 취하게 한다. 여기서 취하게 하는 술은 간음과 밀접하게 연관되는데 왜냐하면 그것(취하게 하는 술)도 육체-불-태양에서 이미 보았듯이 리비도의 상징이기 때문이다.
>
> Babylon is the symbol of the Terrible Mother, who leads the peoples into whoredom with her devilish temptations and makes them drunk with her wine. Here the intoxicating drink is closely associated with fornication, for it, too, is a libido symbol, as we have already seen in the soma-fire-sun parallel. (*CW* 5 216)

공포의 어머니 원형을 상징하는 바빌론이 사람들을 유혹해서 술에 취하게 만드는 것처럼 애니는 폴에게 노브릴을 먹여서 정신을 혼미하게 만든다. 애니는 폴로 하여금 노브릴에 취하게 만들어서 그의 정신을 지배하고 조정하려고 한다. 이런 면에서 노브릴은 애니의 공포의 어머니로서의 구속적인 영향력을 보여주는 한 예라고 할 수 있다.

4) 거세 콤플렉스

폴은 애니로부터 벗어나려고 안간힘을 쓴다. 노브릴을 몰래 모아서 애니의 술에 빠뜨림으로써 그녀를 혼수상태에 빠뜨리려고 시도하기도 하고 그녀를 죽이려고도 하지만 그가 애니를 벗어나려고 하면 할수록 그는 더욱더 깊이 그녀의 수렁에 빠진다. 이러한 애니의 구속은 애니

62

가 폴에게 어머니 같은 존재이면서 동시에 폴의 애인이 되기를 원하는 데서 더욱 강화된다. 매우 침울한 표정으로 약을 주러 오는 애니가 하는 말은 그녀가 폴의 애인이고 싶은 바람을 나타낸다. 애니는 폴이 작품을 완성해가면서 자신을 떠날까 봐 두려워한다.

> 애니: 당신이 여기 처음 왔을 때 나는 폴 셸던의 작가부분만을 사랑했어요. 이제 나는 그의 나머지도 사랑한다는 것을 알아요. 나는 당신이 날 사랑하지 않는다는 것을 알아요. 사랑한다고 말하지 말아요. 당신은 멋지고 똑똑하고 세상에서 유명한 사람이에요. 그런데 나는 영화스타 타입은 아니죠. …… 책이 거의 끝나고 있어요. 당신의 다리도 좋아지고 있구요. 곧 당신은 여기를 떠나고 싶어 할 거예요.
> When you first came here, I only loved the writer part of Paul Sheldon. Now I know I love the rest of him, too. I know you don't love me. Don't say you do. You are beautiful, brilliant and a famous man of the world. But I'm not a movie star type. …… Books are almost finished. Your legs are getting better. Soon you will be wanting to leave.

이어서 애니는 권총을 꺼내며 "나는 이 총을 갖고 있어요. 때때로 이것을 사용할 생각을 하지요. 이젠 가봐야겠어요. 여기에 총알을 넣을 거예요"라고 하면서 폴과 헤어지느니 같이 죽을 결심을 한다. 이처럼 폴의 어머니이자 애인이 되고 싶어 하는 애니는 지배적인 공포의 어머니 원형의 모습을 나타낸다.

성인이 되어서까지 어머니 원형의 구속력을 벗어나지 못하면 이성 관계에서 아니마가 투사되어 동반자적 관계를 이루는 대신 어머니 원형이 투사되어 어머니와 아들 같은 관계가 형성된다. 융에 의하면 "어머니는 늙기도 하고 젊기도 하며 디메테르(Demeter)이면서 페르세포네이기도 하여 아들이 배우자이면서 자면서 [모유를]빠는 것이 일체가 된다. 고달픈 적응과 실망들로 이루어진 인생의 실제 삶의 불완전함들은 그러한 대단한 충만함과 경쟁이 안 된다"(*Aion* 12). 아이가 자라 자신의 품을 떠나는 것을 원하지 않는 공포의 어머니처럼 애니는 폴이 그녀의 손아귀를 벗어날 것 같은 위기의식을 느낄 때 차라리 같이 죽음으로써 그를 영원히 소유하고자 한다. 애니의 모습은 아들이 남자로 성장하기 위하여 자신의 품을 떠나는 것을 교묘하게 가로막는 부정적인 어머니 원형의 성질을 반영하고 있다.

폴을 지배하는 애니의 구속력은 영화 초반부에서 부목이 대어진 폴의 다친 다리가 클로즈업되는 것에서도 보이는데 후에 애니가 그의 발목을 인위적으로 부러뜨리는 것에서 절정을 이룬다. 애니는 폴이 자기 몰래 자신의 품을 빠져나가려는 시도를 했음을 알자 광산의 원주민 노예가 도망치지 못하도록 썼던 방법을 폴에게 적용해야겠다고 하면서 그의 발목을 도끼로 부러뜨린다. 이러한 행위는 그녀의 영역을 빠져나가려고 하는 폴을 붙잡아두는 공포의 어머니의 절대적인 지배와 위협적 성질을 고스란히 표현하고 있다는 면에서 이 영화의 절정을 이룬다고 볼 수 있다.

여기서 부러진 폴의 발목은 그가 애니를 벗어날 수 있는 가능성을 상실했음을 의미하면서 공포의 어머니가 불러일으키는 거세 콤플렉스를 상징한다. 자아가 어머니의 원형의 영향력을 벗어나는 것은 성숙한 남자로 성장하는 것을 의미하며 거세 콤플렉스는 이처럼 성숙한 남자로의 성장을 가로막는 어머니 원형의 구속력에 대한 공포이다. 폴의 다리가 애니에 의해 부러진 것은 폴이 스스로 애니를 벗어날 수 있는 유일한 방법이 애니에 의해 제거된 것을 의미한다는 점에서 곧 그의 거세를 상징한다.

융은 그의 환자의 꿈을 예로 들면서 그 환자가 심리치료를 통해 어머니 콤플렉스를 극복하려는 시기에 뱀이 그의 생식기를 무는 꿈을 꾸었는데 이 꿈은 어머니 원형으로부터 독립되어 나가는 과정에서 다시 그를 좌절시키는 작용을 상징한다고 하였다(*CW* 5 378, par. 585). 이 꿈을 꾼 사람의 상황은 폴의 경우와 같다고 볼 수 있다. 즉 그 환자가 어머니 원형의 굴레를 벗어나려고 할 때 뱀에게 물린 것처럼 폴도 애니에게서 벗어나려고 할 때 발목이 부러져서 빠져나갈 수 없게 되었기 때문이다. 이는 어머니 원형에서 벗어나려는 노력이 어머니 원형의 강력한 구속력 때문에 좌절된다는 것을 상징한다.

5) 잡아먹는 어머니(devouring mother)

신화에서 어머니 원형은 주인공의 앞길을 막고 그를 잡아먹는 이미지로 나타나며 종종 게걸스럽게 집어삼키는 동물의 이미지로 나타난다. 애니가 이처럼 잡아먹는 동물과 연관된 이미지로 나타나는 양상을 두 가지로 살펴볼 수 있는데 하나는 그녀가 미저리라는 새끼돼지를 애지중지한다는 점이다. 애니는 혼자 살면서 유일한 벗으로 '미저리'라고 부르는 새끼돼지를 키우는데 폴에게 돼지 미저리를 데려와서 "이 세상에서 내가 가장 좋아하는 짐승에게 인사해요. …… 내가 [돼지]미저리를 여기에 데려오면서 모든 것이 변했어요. 그녀[돼지]가 나를 웃게 해주지요"라고 하며 돼지 미저리가 그녀 삶에 생기를 불어 넣어주었다고 한다.

두 번째는 애니가 용으로 비유된다는 점이다. 애니는 많은 살인을 저질러왔다. 폴은 애니의 스크랩북에서 애니 남편, 간호학교 급우, 병원환자의 갑작스런 죽음과 함께 병원에서 벌어진 일련의 유아살해에 관한 기사를 목격한다. 이어서 살해혐의를 받고 법정에 서게 된 애니의 사진이 보인다. 애니가 유아살해 혐의로 재판을 받게 될 때 그녀 사진 아래에는 "용의 여인이 무죄를 주장하다"(Dragon Lady Claims Innocence)라고 쓰여 있다. 애니가 이처럼 게걸스럽게 집어삼키는 이미지의 동물인 돼지, 용과 연관되어 제시되는 것은 공포의 어머니가 불러일으키는 구속과 공포를 보여준다.

6) 현자 살해

폴의 개성화는 애니가 상징하는 공포의 어머니 원형의 작용으로 순조롭게 이루어지지 못한다. 이는 현자를 상징하는 인물이 애니에 의해 무참히 죽음을 당하는 것에서도 보인다. 폴의 현자로 보안관을 들 수 있다. 애니는 아무도 모르게 폴을 자기 집으로 데려와서 그가 외부와 일체 연락을 할 수 없도록 만든다. 이러한 상황에서 보안관은 미궁에 빠진 폴의 실종사건을 끈질기게 추적하면서 애니로부터 폴을 구해내려고 노력하는 유일한 인물로 등장한다는 점에서 현자로 볼 수 있다.

그는 출판업자로부터 폴의 행방을 찾아달라는 부탁을 받고 행적을 추적한다. 보안관이 폴을 찾아가는 과정은 폴과 애니를 중심으로 이루어진 플롯에 대하여 주변플롯으로 엮어져 있다. 이 주변플롯은 폴과 애니에 대한 줄거리에 보안관의 추리과정을 첨가하여 미스터리와 같은 극적 재미를 부여하면서 폴의 현자를 제시한다.

보안관은 별다른 단서가 보이지 않자 혹시나 싶어 미저리 시리즈를 구해 읽는다. 미저리를 읽어가다가 그는 "인간의 정의보다 높은 정의

가 있다. 나는 그에 의해 심판받기를 원한다"는 구절을 보고 어디서 본 듯한 느낌을 갖는다. 그는 곧 신문을 뒤져보고 애니가 살해 혐의를 받았을 때 한 말이었음을 알게 된다. 보안관은 애니의 집에 와서 폴의 행방을 찾는다. 드디어 폴을 발견했을 때 그는 애니에 의해 죽음을 당한다.

보안관의 죽음은 현자가 좌절되었다는 것을 상징한다. 이처럼 애니 손에 죽음을 맞는 종말은 일찌감치 보안관과 그의 아내와의 관계에서부터 암시되고 있다. 그는 아내의 어머니 같은 구속과 잔소리에 끊임없이 시달리고 있다. 그의 아내는 사사건건 간섭하고 그를 자신의 뜻대로 움직이려고 한다. 이것이 별 효과가 없으면 그에게 끊임없이 냉소적인 잔소리를 퍼부으며 성가시게 한다. 이러한 설정은 폴을 아기 다루듯 조종하려고 드는 애니와 유사점을 보여준다.

폴의 행방을 끈질기게 추적하던 보안관이 폴을 구하지 못하고 애니에게 죽음을 당하는 것은 공포의 어머니 원형의 구속력에 좌절되는 현자의 작용을 상징한다. 애니는 폴과의 영원한 결합을 위하여 보안관의 죽음은 신의 뜻이라고 한다. 애니는 "나는 내가 당신을 구제하기 위해 선택되었다는 것을 언제부터인가 알고 있었어요. 당신과 나는 영원히 함께할 운명이에요"라고 하면서 "나는 내 총에 총알을 두 개 넣었어요, 하나는 나, 하나는 당신을 위해서. 오 달링, 너무 멋지겠죠? …… 이제 두려워말아요. 나는 당신을 사랑해요"에서 보이듯 권총으로 동반 자살할 계획을 세운다. 이처럼 애니가 폴과 함께하기 위해서 현자를 죽임으로써 폴의 개성화가 온전하게 이루어질 수 없음을 알 수 있다. 그러므로 폴은 애니의 집을 빠져나오기는 했어도 식당에서 그에게 다가오는 여종업원이 한순간 애니로 보이는 장면을 통해 알 수 있듯이 그녀의 환상에서 자유롭지 못하다.

3. 좌절된 개성화

공포의 어머니 원형으로부터 빠져나오려는 폴의 노력은 영화 후반부에서 절정을 이룬다. 애니는 자신과 폴이 곧 발각될 위기감을 느끼자 예정했던 동반 자살을 앞당기기 위해 서둘러 폴을 지하실로 데리고 간다. 영화에서 지하바닥에 갇힌 폴과 계단에서 그를 내려다보는 애니의 모습은 죽음을 몰고 오는 그녀의 지배력을 단적으로 표현하고 있다. 영화 전체를 통해 폴과의 관계에서 애니는 지배와 중요성을 부각시키는 로우앵글로 비쳐지는데 폴이 처음 의식을 차릴 때도 그를 내려다보고 있는 애니의 얼굴이 로우앵글로 보이며 폴이 마루에 쓰러져 있을 때, 폴에게 마취주사를 억지로 주입할 때도 로우앵글로 보임으로써 이러한 애니의 지배력이 암시된다.

폴은 죽음의 위기에서 미저리를 이용해서 벗어나려고 한다. 그는 미저리 원고를 마쳐야 한다고 설득하여 일단 위기를 모면한다. 원고를 끝내자 폴은 애니에게 탈고할 때 늘 하던 방식대로 담배, 성냥, 포도주 한잔을 달라고 한다. 성냥을 손에 쥐게 된 폴은 갑자기 자신이 쓴 미저리 원고를 한 손에 쥐고 "미저리의 아버지가 누구인지 궁금하지, …… 여기 모두 들어 있다"고 하며 원고를 태워버린다. 이때 놀라서 불을 끄려고 허둥대는 애니를 타자기로 내려치고 불타는 미저리 원고 위로 애니를 밀어 넣는다. 이런 사투 끝에 폴은 애니를 물리치고 그녀로부터 가까스로 벗어나게 된다.

애니와의 대결장면 다음에 폴이 출판업자와 식사를 나누는 장면이 따른다. 여기서 그는 자신이 쓴 『제이 필립 스톤의 고등교육』(*The Higher Education of J. Philip Stone*)이라는 제목이 붙은 작품의 초판을 받아본다. 폴은 출판업자에게 그 작품은 자신을 위해 쓴 것이며 이런 과정에서 애니가 자신에게 도움이 되었다고 하는데 책 제목에 나오는 '고등교육'은 폴의 공포의 어머니 원형의 경험을 상징한다고 볼 수 있다.

폴이 새 작품을 씀으로써 공포의 어머니 원형에서 벗어난 것처럼 보이지만 그의 개성화는 온전히 이루어지지 않는다. 이는 애니가 다리를 부러뜨려서 폴이 다리를 절면서 걸어오는 장면이 그의 거세 콤플렉스가 여전히 남아 있음을 암시하는 데서 보인다. 또한 폴이 "나는 가끔 그녀를 생각해요"라고 하며 실제로 끝까지 애니의 환상에 시달리는 것에서도 그가 공포의 어머니의 구속력을 벗어나지 못했음을 볼 수 있다. 영화 끝에서 폴은 애니가 그를 향해 다가오는 환상에 사로잡힌다. 애니의 환영은 곧 서빙하러 오는 여종업원으로 변한다. 그녀는 폴에게 다가와 "실례합니다. 방해하고 싶진 않지만 혹시 폴 셸던이신가요? 내가 당신의 넘버원 팬이라는 것을 말하고 싶었어요"라고 한다. 이 장면의 대사와 폴을 내려다보는 웨이트레스의 시선은 애니를 연상시킴으로써 그가 아직도 애니의 구속에서 자유롭지 못함을 암시한다. 이어서 영화가 "나는 당신을 모든 친숙한 장소에서 볼 거예요"라는 노래로 끝맺는 것은 폴이 애니에게서 영원히 벗어날 수 없을 것이라는 여운을 남긴다.

이와 같은 영화의 결말은 폴의 공포의 어머니로부터의 분리가 불완전하게 진행되었음을 보여준다. 폴이 애니 집에서 빠져나와 일상으로 돌아와서 미저리가 아닌 자신의 경험을 바탕으로 한 소설을 쓴 것은 애니와의 만남 전과 비교할 때 개성화가 어느 정도 진전되었음을 보여준다. 그럼에도 영화 끝에서 여전히 애니의 환영에 시달리는 것은 애니의 굴레를 완전하게 벗어나지 못했음을 제시한다.

지금까지 〈미저리〉에서 아니마와 공포의 어머니를 중심으로 개성화가 좌절되는 것을 고찰하였다. 폴은 자기를 추구하지만 그의 노력은 미완성으로 끝난다. 그러므로 〈미저리〉에는 공포의 어머니를 상징하는 애니만이 두드러지게 나타날 뿐 아니마 상징은 찾아볼 수 없고 자기도 좌절된다. 폴의 개성화가 실패하는 것은 현자가 공포의 어머니에 의해 무참히 살해됨으로써 가속화된다. 이러한 폴의 개성화의 좌절을 영화 끝 부분에서 폴이 다리를 절며 식당으로 걸어 들어오는 것과 폴에게 다가오는 여종업원이 한순간 애니로 보이며 그를 쳐다보는 여종업원이 로우앵글로 비춰지는 장면을 통해 볼 수 있다.

V. <쇼생크 구원>

<샤이닝>(*The Shining*), <미저리>(*Misery*),
<쇼생크 구원>(*The Shawshank Redemption*),
<스탠 바이 미>(*Stand by Me*)

앞 장에서 폴의 개성화가 중도에서 좌절되는 것을 살펴보았는데 그 원인 중 하나는 그를 안내해줄 현자의 죽음이다. 〈쇼생크 구원〉에서는 앤디와 레드가 현자의 인도를 통해 재생에 가까이 이르는 과정을 살펴보기로 한다. 신화에서 현명한 노인으로 나타나기도 하는 현자는 "한편으로 노인은 지식, 사색, 직관, 지혜, 현명함과 통찰력을, 다른 한편으로 그의 '영혼적' 성질을 충분히 명백하게 만드는 선의, 기꺼이 도와주려는 것과 같은 도덕적 성질을 나타낸다"(*AC* 222)라는 융의 지적처럼 개성화에서 자기로 인도하는 데 필요한 정신적 자질을 가진 존재로 나타난다.

앤디와 레드는 서로에게 긍정적 현자로 작용한다. 그들은 긍정적 현자와 함께 부정적 현자도 만나는데 앤디에게는 노튼(Norton) 소장, 레드에게는 부룩스(Brooks)가 그들이다. 앤디에게는 레드와 노튼, 레드에게는 앤디와 부룩스가 현자로 작용하는 이야기 구조를 전달하기 위하여 〈쇼생크 구원〉은 전체적으로 앤디와 레드를 중심으로 한 병치 구조로 이루어져 있다. 이 둘을 교차해서 보여주는 편집기법은 이 영화를 앤디와 레드를 두 축으로 분석할 수 있게 한다.

이러한 병치구조의 예로서 영화의 처음 부분을 들 수 있다. 영화 시작에서 카메라는 앤디의 아내와 정부가 같이 있는 장면을 비춘 후에 부근에 세워진 차에서 만취한 채 권총을 꺼내는 절망적인 모습의 앤디를 보여준다. 앞 시퀀스와 서서히 오버랩되면서 그가 아내 살해혐의로 재판을 받는 장면이 나온다. 앤디는 침착하게 아내와 정부를 죽이지 않고 집으로 돌아왔으며 돌아오는 길에 강에 권총을 버렸다고 증언하지만 종신형을 선고받는다. 곧이어 쿵 하는 소리와 함께 검은 화면이 나오고 감옥 철문이 열리는 소리가 나온다. 이어 레드가 가석방 심사를 받기 위해 심사 위원회에 출두하는 것이 보인다.

앤디와 레드가 교차하는 이 장면은 여러 가지로 효과적인 부분이라고 할 수 있다. 관객은 앤디에게 불리하게 돌아가는 재판을 보았기 때문에 검은 화면과 철창 소리가 그의 투옥을 의미한다고 생각하기 마련인데 뒤이어 레드가 가석방 심사가 열리는 방으로 들어가는 과정이 나올 때는 앞 장면이 레드의 출두과정이었다고 여기게 된다.

그러므로 이 중간 장면은 앤디의 감옥행과 함께 레드의 가석방 출두를 재치 있는 트릭으로 한꺼번에 제시하면서 두 인물의 긴밀한 연결 관계와 병치구조를 부각시키고 앞으로 그 둘이 쇼생크에서 중요한 관계를 이루게 될 것임을 암시한다. 이처럼 병치구조를 이루는 앤디와 레드의 현자와 자기실현 과정을 구체적으로 살펴보면 다음과 같다.

1. 앤디의 개성화

앤디는 감옥에 오기 전 출세한 은행가였다. 그는 아름다운 아내와 돈, 명예를 모두 갖춘 삶을 누리고 있었다. 그러나 그 과정에서 그는 돌과 석공에 대한 관심으로부터 멀어지고 몹시 사랑했던 아내에 대해서도 점차 감정을 드러내지 않아 급기야 아내가 외도를 할 정도로 상황이 악화되었다. 심리적 관점에서 그의 정신은 의식에 집중된 나머지 무의식과 멀어진 상태이다. 그가 살인누명을 쓰고 감옥에 들어오게 된 것은 무의식과 교류의 시작이다. 그는 감옥에서 레드와의 만남과 일련의 사건들을 겪으며 석공에 다시 몰두하게 되고 아내가 외도한 것은 결국 자신이 무심했기 때문이라는 것을 깨닫는다. 이러한 앤디의 변화는 무의식을 경험하면서 재생으로 다가가는 과정을 보여준다. 앤디의 개성화 과정은 그가 조각한 석상들을 클로즈업한 장면, 그의 아니마를 상징하는 여배우들의 이미지, 쇼생크를 탈출했을 때 빗속에서 두 팔을 하늘을 향해 벌리며 환희를 만끽하는 장면 등에서 보인다. 이처럼 앤디가 자기를 찾아가는 여정을 살펴보면 다음과 같다.

1) 쇼생크 투옥: 무의식으로의 입문

앤디의 자기실현 과정은 쇼생크에 투옥되는 것으로 시작된다. 쇼생크에 들어오는 것은 신화에서 무의식의 상징인 지하세계로 하강하는 것과 같다. 지하세계는 미지의 영역으로서 온갖 시련과 어려움이 도사리고 있는 장소로서 입문자에게 두려움과 공포를 불러일으킨다. 그러나 이러한 시련과 어려움을 극복해야만 개성화로 한발씩 나아갈 수 있다. 앤디에게 쇼생크는 이와 같은 미지의 세계로서 처음에는 거대하고 어두운 모습으로 그를 압도하는 듯하다. 쇼생크의 이미지와 앤디가 여기게 들어올 때 쓰인 카메라 기법은 이러한 상징성을 더욱 부각시킨다.

앤디가 쇼생크에 들어올 때 카메라는 롱 테이크로 앤디를 수송하는 차를 따라 가다가 쇼생크의 전경을 비추고 이어서 항공촬영으로 쇼생크의 다른 건물들을 비추면서 이동하여 다시 앤디가 탄 차에서 멈춘다. 롱 테이크와 항공촬영은 쇼생크의 전경을 한눈에 보여주는데 쇼생크는 마치 중세의 거대한 성처럼 웅장하면서도 음침한 분위기를 풍긴다. 앤디가 쇼생크 건물 안으로 걸어 들어올 때 카메라는 앤디의 시점에서 앙각촬영으로 쇼생크를 비추고 이어서 앤디가 아치를 지나갈 때 앤디의 눈에 들어오는 아치의 어두움을 보여주는 검은 화면이 이어진다. 쇼생크는 앤디가 자기실현을 위해 거쳐야 하는 시련과 관문이 도사리고 있는 무의식을 상징한다. 그러므로 이러한 앙각촬영과 검은 화면이 이어지는 것은 이제 막 쇼생크가 상징하는 무의식 세계에 들어서는 앤디에게 그 세계가 거대하게 버티고 있으면서 그를 압도하는 듯한 분위기를 고조시킨다.

무의식으로의 하강은 감옥에 들어올 때 거치는 일련의 절차를 통해서도 상징적으로 표현되어 있다. 감옥에 들어오면서 앤디는 마치 태어날 때처럼 알몸으로 물세례를 받고 어두운 굴과도 같은 감방 안으로 들어간다. 이 과정에 대한 레드의 묘사에서 무의식 입문의 모티프를 발견할 수 있다.

> 레드: 틀림없이 첫날밤이 가장 힘들다. 그들은 탄생할 때처럼 발가벗고 행진을 시킨다. …… 그들이 몸 위에 쏟아 붓는 이 잡는 약 때문에 몸이 화끈거리고 눈앞이 안 보이는 채로…… 그들이 당신을 감옥 안에 집어넣고 철창문이 닫히면 그때서야 그것이 현실임을 알게 된다. 이전 인생이 눈 깜짝할 사이에 날아가고 지옥에서의 길고 추운 나날이 앞에 펼쳐져 있는 것이다.
>
> The first night's the toughest, no doubt about it. They march you in naked as the day you're born, …… skin burning and half-blind from that delousing shit they throw on you. …… And when they put you in that cell, when those bars slam home, that's when you know it's for

real, old life blown away in the blink of an eye, a long
cold season in hell stretching out ahead.

무의식으로의 하강을 시작으로 앤디는 온갖 시련에 봉착한다. 그는
집단적으로 폭행하는 무리에 시달리기도 하고 노튼 소장에게 착취당
하기도 하면서 고난의 세월을 보낸다. 이러한 시련은 자기실현으로 가
는 여정에서 앤디가 거쳐야 하는 관문이 되며 앤디는 이를 극복함으
로써 자기실현에 다가간다.

2) 긍정적 현자와의 만남

시련의 나날에서 앤디는 그에게 도움을 주는 레드와 만나게 된다.
앤디에게 레드가 현자로 작용하는 것은 앤디에게 필요한 물건을 가져
다 주는 것에서 볼 수 있다. 그가 어떤 물건이라도 구해줄 수 있는 사
람이라는 것은 그의 다음과 같은 독백에서 보인다. "미국의 모든 교도
소마다 나 같은 범죄자가 있을 것이다. 나로 말하면 필요로 하는 물건
을 구해다 주는 사람이다. 궐련이나 원한다면 마리화나 꾸러미, 자녀
의 고등학교 졸업축하를 위한 브랜디 등. 엉뚱한 것을 제외하고는 무
엇이든 구할 수 있다."
레드가 앤디에게 구해준 물건은 앤디의 탈출을 위한 실질적 도움과
함께 앤디의 자기실현을 상징하기도 한다. 실질적 기능을 살펴보면 망
치는 탈출구를 만드는 데 쓰이고 여배우 포스터는 그 굴을 가리는 데
이용된다. 상징적인 면에 대해서 우선 석공용 망치와 돌을 살펴보면
다음과 같다. 앤디는 수감되자 돌을 조각하는 취미에 다시 빠진다. 그
는 "저는 돌 수집가이지요. 적어도 이전에는 그랬어요. 약간이나마 다

시 그렇게 되고 싶어요"라고 하며 석공용 망치를 구해 달라고 한다. 앤디는 레드가 준 망치로 돌을 다듬어서 아름다운 석상들을 만들어 햇빛이 들어오는 창가에 올려놓는데 그 석상들을 잡은 클로즈업 장면은 앤디의 자기를 추구하는 과정을 상징적으로 표현한다.

앤디가 돌을 다듬는 것은 자기를 찾아가는 것을 상징한다. 돌 혹은 연금술사의 돌인 레피스(lapis)는 "심리학적 연구는 역사적 혹은 민속적 상징들이 무의식에서 자연스럽게 나오는 것들과 일치하고, 레피스가 분석심리학이 자기라고 부르는 것과 일치하는 초월적인 통일체(transcendent totality) 개념을 상징한다는 것을 보여 왔다"라는 융의 지적처럼 불멸성과 단일성 때문에 자기를 의미하기 때문이다(*CW 13* 102).

융은 돌이 개성화, 자기를 의미한다고 하면서 "돌에서의 대극들의 결합은 달인이 스스로 하나가 되었을 때만 가능하다. 돌의 단일성은 인간이 하나가 되는 개성화와 동격이다. 돌은 결합된 자기의 투사라고 말할 수 있다"(*Aion* 170)라고 하였다. 그러므로 프란츠(Franz)는 "돌이 완전하기 때문에, 즉 불변하고 영원하기 때문에 종종 자기의 이미지로 나타난다"(Franz 223)고 하였으며 또한 "돌은 가장 단순하면서도 깊은 경험, 즉 인간이 불멸과 불변을 느끼는 순간에 가질 수 있는 영원한 어떤 경험을 상징한다"(Franz 224)고 함으로써 돌이 자기를 상징하는 모티프임을 강조하고 있다. 앤디가 끈임 없이 돌을 다듬는 행위는 자기를 추구하는 것을 나타내며 레드가 앤디에게 돌과 망치를 구해주는 것은 그가 현자를 상징한다는 것을 보여준다.

돌을 중심으로 한 앤디와 레드 관계는 앤디가 레드가 구해준 돌로 체스말을 만들고 레드는 체스판을 구해오는 것에서도 볼 수 있다. 레드가 체스를 잘하지 못하자 앤디는 자기가 가르쳐주겠다고 하며 돌로 체스말을 만들겠다고 한다. 레드는 앤디에게 말을 만들도록 돌을 구해주는데 앤디가 체스말을 만들고 레드가 체스보드를 구하는 것은 이 둘의 관계를 상징적으로 보여주는 예이다. 둘은 서로에게 친구가 된다. 이들의 관계는 정교하게 만들어진 말들이 가지런히 놓여 있는 체스보드를 클로즈업한 장면을 통해 부각된다.

레드가 구해주는 또 다른 상징적 물건으로 여배우 사진을 들 수 있다. 여배우는 앤디의 아니마를 상징한다. 여배우 사진 뒤로 나 있는 굴은 재생의 통로가 된다. 여배우 사진은 앤디를 개성화로 이끄는 아니마이자 재생하기 위해 들어가는 모체이다. 앤디가 여배우 몸속으로 들어가는 듯한 설정은 개성화가 아니마와의 합일을 중심으로 이루어진다는 점에서 앤디의 정신적 성장을 보여주는 중요한 단계라고 볼 수 있다. 융은 "심리적으로 자기는 의식(남성적인)과 무의식(여성적인)의 결합이다. 그것은 정신적 전체를 상징한다"(*Aion* 268)고 주장한다. 그러므로 재생의 통로를 상징하는 여배우는 앤디의 아니마 회복을 의미한다.

쇼생크에 오기 전에 앤디는 아내를 몹시 사랑해서 결혼했지만 어느새 그녀에게 냉담해졌다. 이는 결국 그녀의 죽음으로 이어졌는데 아내에 대한 냉담함과 그녀의 죽음은 그가 무의식의 아니마와 단절되었다는 것을 보여준다.

> 앤디: 아내는 항상 내가 알 수 없는 사람이라고 했지요. 마치 닫힌 책처럼요. 그것에 대해 항상 불평했어요. 그녀는 아름다웠어요. 나는 그녀를 사랑했습니다. 그러나 그것을 충분히 표현하지 못한 것 같아요. 내가 결국 그녀를 죽인 거예요. 내가 방아쇠를 당긴 것은 아니지만 내가 그녀를 멀어지게 만들었어요. 그래서 그녀가 죽은 거예요. 나 때문에. 내 성격 때문에.

> My wife used to say I'm a hard man to know. Like a
> closed book. Complained about it all the time. She was
> beautiful. I loved her. But I guess I couldn't show it enough.
> I killed her. I didn't pull the trigger. But I drove her away.
> That's why she died. Because of me, the way I am.

아니마는 자기실현에서 현자와 나란히 존재하는 것으로 묘사된다. 융에 의하면 현자가 신화에서 아버지로 나타날 때 아니마는 종종 딸로 묘사되며 원형이 분화되지 않았을 때 무의식은 아니마와 같고 분화되면 아니마에서 현자가 분리된다고 한다(*CW* 5 437, par. 678). 그러므로 레드가 여배우 포스터를 구해주는 것은 현자와 아니마가 나란히 작용하는 것을 상징한다.

영화에서는 여배우 포스터를 클로즈업한 장면을 통해 이러한 상징성을 뒷받침하고 있다. 모두 세 개인 여배우 포스터는 〈쇼생크 구원〉의 시간적 배경이 된 당시에 실제로 대단한 센세이션을 일으켰던 사진들이다. 보는 이를 빨아들이듯 성적 매력을 한껏 발산하는 고혹적인 모습의 여배우는 남자의 영혼을 사로잡는 아니마의 속성을 잘 표현하고 있다. 처음 포스터는 리타 헤이워드로서 화면 가득 클로즈업된 그녀의 빛나는 자태와 눈빛은 단순한 성적 대상을 넘어 어떤 숭고함마저 느끼게 한다. 다음 사진은 통풍구에서 스커트를 휘날리며 서 있는 마릴린 먼로의 사진이고 끝으로 걸린 사진은 원시인 복장으로 육감적인 매력을 발산하는 라쿠엘 웰치의 사진이다. 이 사진에서 라쿠엘 웰치는 어딘가 먼 곳을 응시하며 그쪽으로 달려갈 듯한 포즈를 취하고 있다. 앤디는 이 사진이 걸려 있을 때 탈출을 감행하는데 여기에서 라쿠엘 웰치의 표정과 포즈가 앤디의 탈출과 구원을 암시한다는 것을 볼 수 있다.

3) 부정적 현자와의 만남

현자는 항상 선하고 지도자 같은 모습만을 띠지 않는다. 현자는 우스운 난장이나 광대 모습일 수도 있으며 주인공에게 시련을 주는 악인으로 나타날 수도 있다. 앤디에게 시련을 안겨주는 부정적인 현자는 노튼 소장이다. 레드가 긍정적인 양상만을 보여주는 현자라면 노튼은 부정적인 모습을 띠는데 노튼의 부정적인 면은 결국 앤디에게 도움으로 작용하게 된다.

영화에서 노튼이 이처럼 이중적 양상의 현자로 나타나는 것을 살펴보면 다음과 같다. 노튼은 자신의 불법적 재산 관리를 위해 앤디를 이용하고자 선처를 베푼다. 그는 앤디가 보그스(Bogs) 무리에게 시달릴 때 그들이 앤디를 더 이상 괴롭히지 못하게 조처한다. 또한 일을 시키는 대가로 앤디가 자기 방 벽에 리타 헤이워드 포스터를 붙이는 것을 눈감아준다. 그는 리타 헤이워드 포스터가 석공 망치로 파놓은 굴을 가리기 위한 위장임을 상상도 하지 못한 것이다. 이어서 그는 앤디를 노역에서 해방시켜 도서관 사서로 앉힌다. 또한 앤디가 주정부에 도서관 확장을 위한 기금을 요청하는 편지를 쓰면 부쳐주기도 한다. 그 결과 앤디는 쇼생크 도서관을 새롭게 꾸며 죄수들에게 교육의 기회를 제공한다.

노튼이 뜻하지 않게 앤디에게 결정적 도움을 주는 것은 탈출을 가능하도록 하고 이후에 안정된 삶을 보장한 점이다. 노튼이 준 성경책은 망치를 숨겨놓을 수 있는 안전한 장소가 되었으며 포스터는 안전하게 굴을 가리는 데 쓰였다. 앤디는 탈출할 때 노튼의 양복과 신발을 가지고 나가 그것을 입고 안전하게 활보할 수 있었다.

앤디가 노튼을 위해 담당하는 주된 업무는 노튼이 실시한 '인사이드 아웃'이라는 프로그램에서 나오는 불법적인 돈을 세탁하여 합법적으로 관리하는 일이다. 노튼은 사회에 대한 죄수의 사회기여라는 명목으로 죄수의 공짜나 다름없는 노동력을 착취하고 뇌물을 받아 뒷돈을 챙긴다. 앤디는 그가 '조용한 파트너'(the silent partner)라고 부른 스티븐스(Stevens)라는, 실제로 존재하지 않는 사람의 계좌를 만들어 합법적으로 노튼의 돈을 축적한다. 앤디는 쇼생크를 탈출한 후에 스티븐스로 행세하여 경제적으로나 사회적으로 안정된 삶을 보장받는다. 앤디가 쇼생크 탈출 후에 새 이름을 가진 사람으로 살아가는 것은 개성화를 통해 새로운 인격으로 변화한 것을 상징한다. 그러므로 노튼이 그의 새 삶에 필요한 옷, 신발, 신분, 이름, 돈을 마련해준 셈이 되며 이는 곧 그의 현자 역할을 의미한다.

노튼이 앤디에게 부정적 모습을 띠는 한편 결과적으로 앤디의 성공을 돕는 긍정적 현자로 작용한다는 것은 성경의 모티프에서도 찾아볼 수 있다. 노튼은 앤디를 비롯한 새 죄수들에게 성경책을 주며 "나는 두 가지를 믿는다. 규율과 성경. 여기서 여러분은 두 개 모두를 받을 것이다. 신을 믿어라. 너희들은 나에게 속한다. 쇼생크에 온 것을 환영한다"라고 말한다. 노튼은 앤디 방을 수색할 때 그 성경책을 보며 다음과 같이 앤디가 좋아하는 구절을 물어본다. "자네가 이것을 읽는 것을 보니 흐뭇하군. 좋아하는 구절이라도 있나? '그러므로 지켜보아라, 왜냐하면 너는 언제 주인이 올지 모르기 때문이다', 누가복음 13장 35절, 나는 항상 이것을 좋아했지." 그러자 앤디는 "나는 세상의 빛이다. 나를 따르는 자 어두움에서 걷지 않을 것이며 인생의 빛을 가질 것이다"를 좋아한다고 대답한다.

노튼은 감방수색을 마치고 성경책을 돌려주며 "너에게서 이걸 빼앗고 싶지는 않아. 구원이 이 안에 있으니"라고 한다. 노튼 사무실에서 비밀장부는 벽 금고 안에 늘 보관되어 있는데 금고 앞에는 성경구절이 수놓아진 액자가 걸려 있다. 그 구절은 "심판의 날이 올 것이며 그것도 바로 올 것이다"이다. 앤디가 탈출한 후 노튼은 비밀 장부를 숨겨놓은 금고를 열어보는데 거기에는 앤디의 성경책이 놓여 있다. 성경책 앞 페이지에는 "소장에게, 당신이 옳았소. 구원이 여기에 있었소"라고 적혀 있다. 이어서 노튼은 앤디 성경책 안이 망치를 넣을 수 있게 오려져 있는 것을 발견하게 된다.

노튼과 앤디의 대화에서 인용된 성경구절 속의 '주인', '세상의 빛'은 구세주를, '심판의 날'은 구세주를 통한 구원을 의미한다. 융은 자기를 '우리 안의 신'(God within us)으로 비유하였다(*CW* 7, 238. par. 399). 그러므로 심리적으로 볼 때 구세주를 갈망하는 것은 자기 안의 신인 자기를 실현하고자 하는 것을 상징한다. 노튼과 앤디 관계에서 성경을 매개체로 구원의 모티프가 제시되는 것은, 노튼이 눈감아준 성경책이 석공용 망치의 저장소였고 비밀금고에 넣어 관리한 장부의 돈이 앤디에게 도움을 주었다는 실질적 측면과 더불어 노튼이 앤디에게 현자로 작용한다는 점을 보여준다.

노튼이 부정적 현자로서 앤디에게 가져다준 시련은 앤디의 무죄를 증명할 수 있는 결정적 기회를 묵살하고 독방에 가둔 것이다. 어느 날 쇼생크에 토미(Tommy)라는 죄수가 등장하는데 그는 앤디 아내 사건을 듣고 다른 감옥에서 동료 수감자가 자기가 저질렀는데 다른 사람이 누명을 썼다고 떠벌렸던 사건과 일치한다고 한다. 좀처럼 흥분하지 않는 앤디는 이 말에 이성을 잃고 소장에게 빨리 조치를 취해달라고 부탁한다. 노튼은 자신의 부정이 탄로날까 봐 앤디를 독방에 가두고 토미를 살해함으로써 앤디의 희망을 산산조각 낸다.

노튼의 무자비함은 앤디에게 한편으로는 긍정적 결과를 가져온다.

앤디에게 이 시련은 자기성찰의 계기가 된다. 그가 독방신세를 진 후
레드에게 하는 말에서 이를 엿볼 수 있다. 그는 살인누명을 쓴 것, 쇼
생크 수감생활과 같은 세상사에 대하여 감정적으로 초연해진 모습을
보인다.

　　레드: [아내를 죽이기 위해] 당신이 방아쇠를 당긴 것은 아니잖아.
　　앤디: 그래요, 내가 한건 아니죠. 누군가가 그랬죠. 그리고 나는 여
　　　　　기에 오게 되었고. 내 생각에 운이 나빴던 것 같아요.
　　레드: 운이 나빴다고? 맙소사.
　　앤디: 그것은 돌아다니다가 누군가에게 떨어져야만 하지요. 폭풍이
　　　　　닥쳐오고 있다고 한다면, 어떤 사람들은 그들의 거실에 앉아
　　　　　비를 감상하겠지요. 옆집은 날려서 부딪혀 부서지기도 하지
　　　　　만. 그때가 단지 내 차례였던 것입니다. 내가 토네이도가 지
　　　　　나는 길에 있었던 것이지요. 나는 그것이 일단 생겨난 이상
　　　　　계속 진행할 줄을 몰랐던 거지요.
　Red: You didn't pull the trigger.
　Andy: No. I didn't. Someone else did, and I wound up here.
　　　　　Bad luck, I guess.
　Red: Bad luck? Jesus.
　Andy: It floats around. Has to land on somebody. Say a storm
　　　　　comes through. Some folks sit in their living rooms and
　　　　　enjoy the rain. The house next door gets torn out of the
　　　　　ground and smashed flat. It was my turn. That's all. I
　　　　　was in the path of the tornado. I just had no idea the
　　　　　storm would go on as long as it has.

　세상사에 관하여 관조적 태도를 보이는 것은 앤디가 성숙해졌다는
것을 의미한다. 융은 개성화에서 나타나는 새로운 인격은 세상의 슬픈

일 뿐 아니라 기쁜 일에서도 한 걸음 물러나 동요하지 않는 초연함을 보인다고 하였다(*CW 13* 45, 46, par. 67). 앤디의 초연한 자세는 그가 개성화로 한걸음 다가갔다는 것을 보여준다.

4) 앤디의 개성화

앤디는 토미 사건 후에 본격적으로 탈출을 감행한다. 영화는 앤디가 어느 날 갑자기 사라진 것을 먼저 보여주고 난 다음 레드의 내러티브를 통해 탈출 경로를 제시함으로써 극적인 흥미를 더한다. 어느 날 아침 점호에 앤디가 나타나지 않는다. 놀란 노튼은 앤디 방 안에서 라쿠웰 웰치 사진으로 가려졌던 굴을 발견한다. 이어서 노튼의 신발 상자에 깨끗한 구두 대신 앤디의 낡은 신발이 들어 있는 것이 클로즈업된다. 이 장면은 앞으로 보일 노튼과 앤디의 역전된 상황을 상징적으로 보여준다. 이어지는 장면에서 경찰은 쇼생크 주변의 개울에서 수석용 망치를 발견하는데 이 망치를 들고 있는 경찰을 찍는 플래쉬가 터지고 그 사진이 톱기사로 실린 신문이 화면을 메운다. 이 장면은 앤디가 수석용 망치를 이용해서 탈출했다는 것을 보여주는 동시에 그 망치를 가져다준 레드가 앤디의 탈출에 조력자로 작용했음을 제시함으로써 레드의 현자 모티프를 부각시킨다고 할 수 있다. 이 사진 장면에 이어 레드의 설명이 이어지면서 앤디의 탈출경로가 보인다.

앤디는 수석 조각용 망치로 굴을 판 후에 탈출 준비를 한다. 노튼이 퇴근하자 그의 양복을 죄수 복 속에 입고 노튼의 신발을 신고 자기 감방으로 들어온다. 그날 밤 앤디는 노튼 옷과 신발을 챙겨서 굴속을 기어간다. 그는 감방 벽에 뚫어놓은 굴을 빠져나간 다음 감옥의 오물 파이프를 뚫고 그 안을 기어서 탈출한다. 길고 어두운 통로를 지난 앤디는 쇼생크 밖 개울로 떨어진다. 쏟아지는 비를 배경으로 앤디는 더러워진 웃옷을 벗으며 개울을 걸어 나간다. 이때 카메라는 부감 롱 쇼트로 긴 팔을 하늘을 향해 뻗으며 환희를 만끽하는 모습을 보여주어 감동을 연출한다.

이러한 탈출장면은 앤디의 재생을 상징적으로 보여준다. 재생은 죽음을 전제로 하는데 앤디가 여배우 사진 속에 나 있는 통로로 기어들어 가는 것은 모체로의 회귀로서 상징적 죽음을 의미한다. 그 안에서 좁은 긴 통로를 기어간 뒤에 물속으로 떨어지는 것은 비에른느가 "구덩이나 무덤이나 터널에서 기어 나온다는 사실 자체도 탄생의 상징이 된다"(Vierne 66, 67)라고 주장하듯이 자기를 접하고 이루어지는 재생의 이미지이다. 여기서 모체로의 회귀는 탄생 전의 모든 무의식적 내용에 둘러싸여서 의식화되기만을 기다리는 자기를 찾아가는 과정이다 (*CW 5* 329,330, par. 508).

재생에 대한 상징은 앤디가 물속을 걸어 나오는 장면의 동작과 쏟아지는 비, 카메라 기법에서 더욱 부각된다. 이 영화의 대표적 장면 중 하나로 자주 언급되는 이 장면에서 앤디는 비가 쏟아지는 가운데 긴 팔을 하늘 높이 뻗으며 자유의 환희를 만끽한다. 이때 쓰인 부감 롱쇼트의 카메라 기법은 해방감과 환희의 감정을 감동적으로 전달하고 쏟아지는 비의 수직선은 이 순간의 강렬함을 더한다.

탈출 이후 앤디는 탈출 전날 훔쳐 둔 노튼 옷과 신발로 차려 입고 피터 스티븐스 행세를 하면서 은행에서 그 이름 앞으로 되어 있는 돈을 인출한다. 앤디가 탈출에 성공한 이후 레드는 아무 것도 적혀 있지 않은 우편엽서를 받는다. 그것은 멕시코 근처 지역에서 부쳐진 것이었다. 이로써 레드는 앤디가 탈출에 성공했음을 알게 된다.

영화에서 레드의 상상을 통해 제시되는 장면은 앤디가 자유를 향해 달려가는 것을 보여준다. 탈출하던 밤의 억수같이 쏟아지는 비, 어둠과 대조적으로 환하고 따뜻한 날씨를 배경으로 앤디는 자가용을 타고 유유히 국경을 넘어간다. 카메라는 항공촬영으로 바다에 면한 도로를 달리는 앤디 차를 보여주면서 서서히 도로 아래쪽에 펼쳐진 드넓은 바다를 화면 가득 비춤으로써 앤디가 재생을 상징하는 바다를 향해 나아가고 있음을 제시한다.

지금까지 병치구조의 한쪽인 앤디의 재생을 살펴보았다. 또 다른 병치구조의 한 면인 레드의 자기실현 과정을 다음에서 살펴보기로 한다.

2. 레드의 개성화

레드는 앤디가 오기 훨씬 전부터 감옥생활을 하고 있었는데 서서히 억압적 체제에 스스로를 맞추고 순응하게 된다. 그는 일체의 희망을 포기하고 스스로를 감옥생활에 길들이면서 수동적으로 하루하루를 살아간다. 레드가 외부적 세상에 길들여지고 자유의지를 포기하는 것은 마치 앤디가 출세가도를 달리기 위해서 취미와 아내에 대해 등한시하게 되는 것과 같다. 제도나 법은 의식세계를 상징하기 때문에 레드가 이에 길들여지는 것은 무의식적 욕구를 등한시하고 의식세계에 안주하는 것을 말한다. 레드는 앤디가 나타나면서 변하기 시작한다. 레드는 체제에 굴복하지 않고 끝까지 투쟁하면서 자유의지와 희망을 관철하는 앤디를 보고 각성하면서 점점 자신의 내부로 눈을 돌린다.

1) 긍정적 현자와의 만남

영화는 레드의 1인칭 화자 시점으로 전개되는데 레드가 자신의 정신적 변화과정에 관하여 직접적으로 진술하는 대신 많은 비중을 앤디의 행적을 묘사하는 데 두고 있다. 이 영화는 언뜻 보기에 앤디만이 주인공인 것처럼 여겨질 수 있다. 그러나 레드가 관찰해서 진술하는 앤디 이야기는 대부분 자신의 내면이 투사된 이야기이며 이런 면에서 레드의 정신적 변화는 앤디의 그것과 동시에 이루어진다고 할 수 있다.

앤디의 현자 역할은 레드를 비롯한 동료 수감자들이 신참 죄수들을 바라보면서 누가 첫날밤에 먼저 울음을 터뜨릴 것인가를 두고 내기를 하는 데서 처음 나타난다. 레드는 앤디를 지목하는데 그의 예상은 보기 좋게 빗나간다. 이튿날 식당에서 간밤에 울부짖은 죄수가 간수의 폭행으로 죽었다는 말을 듣자 앤디는 그의 이름이 무어냐고 묻는다. 감옥에서 죄수들은 한 인간으로 취급받지 않고 스스로도 그렇게 여기지 않기 때문에 죽은 사람의 이름을 묻는 것은 감옥에 어울리지 않는 말이다. 레드는 교도소의 관행을 벗어난 앤디의 말을 계기로 흥미를 갖게 된다.

레드는 앤디에게 끌리면서 그의 약한 듯 강한 모습과 쇼생크 수감자들과 다른 면모에 서서히 영향을 받는다. 앤디에 대한 레드의 호감은 레드의 독백에서 잘 드러나 있다. 수석용 망치를 구해 달라고 하며 돌아서는 앤디를 보며 그는 다음과 같이 생각한다.

> 레드: 왜 일부 죄수들이 그를 속물이라고 오해하고 있는지 알 수 있었다. 그는 이곳과 어울리지 않는 침착한 분위기, 걸음걸이와 말씨를 지니고 있었다. 그는 근심이나 걱정 없이 한가

롭게 공원을 거니는 사람처럼 걸었다. 마치 그를 이곳과 분리시키는 보이지 않는 옷을 입은 것 같았다. 그렇다, 나는 그를 처음부터 좋아했다고 할 수 있다.

I could see why some of the boys took him for snobby. He had a quiet way about him, a walk and a talk that just wasn't normal around here. He strolled like a man in a park without a care or worry. Like he had on an invisible coat that would shield him from this place. Yes, I think it would be fair to say I liked Andy from the start.

앤디는 자신을 억압하는 그 어떤 것에도 굴하지 않는 모습을 보여줌으로써 체제에 길들여진 레드의 세계에 균열을 일으킨다. 앤디가 벌인 투쟁 중에서 대표적인 사건은 그를 강간하려는 보그스 무리에 대항한 것이다. 앤디는 거듭되는 보그스 무리의 폭행에 혼자 힘으로 끝까지 저항하고 레드는 다음에서 보이듯 앤디가 항복하지 않고 끊임없이 반항하는 것에 주목하게 된다.

레드: 앤디가 그들과 잘 싸워서 시스터들[보그스 무리]이 그를 놓아주었다고 말할 수 있다면 좋을 것이다. 그렇게 말할 수 있다면 좋겠지만 감옥은 동화 속 세상이 아닌 것이다. …… 시스터들은 그를 계속 괴롭혔다. 그는 어느 때는 그들을 싸워 물리치기도 했지만 어느 때는 그렇게 못했다. …… 그는 항상 싸웠고 이것을 나는 기억하고 있다. 그는 싸웠는데 만약 싸우지 않으면 다음에 싸움을 포기하는 것이 훨씬 더 쉬워질 것임을 알았기 때문이다.

I wish I could tell you that Andy fought the good fight, and the Sisters let him be. I wish I could tell you that, but prison is no fairy tale world. …… The Sisters kept at

him. Sometimes he was able to fight them off……
sometimes not. …… He always fought, that's what I
remember. He fought because he knew if he didn't fight,
it would make it that much easier not to fight the next
time.

앤디는 이 년 동안 보그스 무리에게 시달린다. 그러면서도 한번도 호락호락 자신을 내주지 않고 끝까지 지키려고 애를 쓴 것은 레드에게 깊은 인상으로 남는다.

앤디는 레드에게 직접적으로 자유와 희망의 환희를 느낄 수 있는 계기들을 가져다준다. 그중 대표적인 것이 지붕공사 중에 일어난 맥주 사건이다. 오월 어느 날 앤디와 레드를 비롯한 죄수들은 지붕에 타르를 바르는 공사에 참여하게 된다. 일하던 중 우연히 간수 하들리가 엄청난 재산을 상속받게 되지만 세금이 골칫거리라는 말을 들은 앤디는 세금 안 내고 상속받는 법을 알려주고 자기가 서류업무를 해주겠다고 한다.

그 일에 대한 대가로 앤디는 하들리에게 동료들에게 맥주를 나눠주라고 부탁하면서 "괜찮다면 나의 동료들에게 일인당 세 병의 맥주를 주셨으면 합니다. 밖에서 일하는 남자가 맥주 한 병을 마실 수 있다면 더욱더 남자답게 느낄 것 같군요"라고 한다. 앤디의 요청에 따라 죄수들은 마치 보통 사람처럼 지붕 위에서 맥주를 마시며 자유인이 된 듯한 느낌을 갖는다. 즐겁게 맥주를 마시며 여유를 만끽하는 죄수들의 위로 흐르는 레드의 목소리는 이때의 느낌에 대해 마치 자기 집 지붕을 고치다가 맥주를 마시며 한가롭게 쉬고 있는 보통 사람 같았다고 한다.

레드: 우리는 우리 어깨에 햇살을 받으며 앉아서 마셨고 자유인이
      된 듯 느꼈다. 우리는 마치 우리 집 지붕에 타르 칠을 하던
      것 같았다. 우리는 만물의 주인이었다. 한편 앤디는 그늘에
      앉아 우리가 맥주를 마시는 것을 보며 알 수 없는 미소를
      띤 채 휴식 시간을 보냈다. 그가 간수들 비위를 맞추기 위해
      그랬을 거라고 할지도 모른다. …… 그러나 나는 그가 짧은
      순간만이라도 정상인처럼 느끼고 싶어서 그랬다고 생각한다.
      We sat and drunk with the sun on our shoulders and felt
      like free man. We could'a been tarring the roof of one of
      our own houses. We were the Lords of all Creation. As
      for Andy, he spent that break hunkered in the shade, a
      strange little smile on his face, watching us drink his beer.
      You could argue he'd done it to curry favor with the
      guards. …… Me, I think he did it just to feel normal
      again if only for a short while.

맥주와 함께 앤디가 레드에게 가져다준 것은 레드가 잃어버린 음악
이다. 음악은 이 영화에서 오페라 가수의 노래, 하모니카 등으로 나타
나는데 앤디에 의해 쇼생크에 울려 퍼지는 오페라 가수의 아름다운
목소리는 레드의 가슴에 형언할 수 없는 감동을 일으킨다. 앤디는 소
장의 불법적인 재산축적을 도와주는 대가로 주상원 위원회에 기부를
부탁하는 편지를 띄우고 그 결과 모차르트 음반을 기증받는다. 앤디는
간수가 자리를 비운 사이 "피가로의 결혼"을 마이크를 통해 교도소
안으로 울려 퍼지게 한다.

아름다운 노래가 교도소 전체에 울려 퍼지면서 카메라는 감옥의 모
든 죄수가 하던 일을 멈추고 노래에 귀를 기울이는 것을 보여줌으로
써 이 죄수들이 일시적으로 느끼는 황홀함과 해방감을 표현하고 있다.
이때 레드는 그 음악이 무슨 내용인지 몰랐고 알 필요도 없었지만 그

음악이 불러일으킨 감정이 매우 소중한 것이었다고 한다.

> 레드: 나는 오늘까지 그 두 명의 이탈리아 여인들이 부른 것이 무
> 슨 내용인지 모른다. 사실 알고 싶지도 않다. 어떤 것은 말
> 하지 않는 것이 더 나을 때가 있다. 나는 그들이 부른 내용
> 이 너무나 아름다워서 말로 표현될 수 없으며 그것 때문에
> 가슴을 저미게 하는 것이라고 생각하고 싶다. 그 목소리는
> 회색빛 장소에 있는 그 누구도 상상할 수 없을 만큼 높고
> 멀리 울려 퍼졌다. 그것은 어떤 아름다운 새가 우리의 작고
> 단조로운 새장에 들어와서 그 벽들을 사라지게 한 것과 같
> 았다. …… 그리고 아주 짧은 시간 동안 쇼생크의 모든 사람
> 은 자유를 느꼈다.
>
> I have no idea to this day what the two Italian ladies
> were singing. Truth is, I don't want to know. Some things
> are best left unsaid. I like to think they were singing
> about something so beautiful it can't be expressed in
> words, and makes your heart ache because of it. I tell
> you, those voices soared. Higher and farther than anybody
> in a gray place dares to dream. It was like some beautiful
> bird flapped into our drab little cage and made these walls
> dissolve away …… and for the briefest of moments every
> last man at Shawshank felt free.

"어떤 것은 말하지 않는 것이 더 나을 때가 있다"고 한 것은 오페라 선율이 그의 무의식에서 어떤 감흥을 불러일으켰다는 것을 말한다. 아름다운 오페라 가수의 목소리는 레드가 스스로 자신을 가둔 의식세계의 경계를 넘어 무의식으로 전달되어 레드로 하여금 단절되었던 무의식과 자연스럽게 교류하도록 만든 것이다. 여인의 목소리는 그의 무

의식의 여성성이며 자유로운 영혼과 생명력을 의미하는 아니마를 상징한다.

아니마 상징은 오페라와 더불어 앤디가 그의 가슴과 머릿속에 음악이 들어 있다고 하는 말과 앤디가 레드에게 선사하는 하모니카에서도 볼 수 있다. 레드는 앤디가 과거에 돌에 대한 취미에 열중했듯이 옛날에 하모니카를 즐겨 불었었다. 앤디가 그 취미를 잊고 지내다가 쇼생크에 와서 다시 시작한 반면 레드는 스스로 이 모든 것을 단념하고 잊으려고 한다. 그는 보이지 않고 불가능해 보이는 희망을 추구하는 것이 무의미해 보이기 때문에 수감생활에 스스로를 길들이고 있는 것이다.

앤디가 음악을 틀은 일로 이 주일 동안 독방신세를 지고 나왔을 때 앤디는 모짜르트 음악과 늘 함께 있었기 때문에 이 기간이 가장 편안했다고 한다. 앤디는 가슴과 머리를 가리키며 음악은 바로 거기에 있었다고 한다.

앤디: [그의 가슴과 머리를 가리키며] 음악은 여기와 …… 여기에 있었어요. 그것은 그들이 빼앗을 수 없는 것이지요, 결코. 그게 그것의 아름다움입니다. 음악에 대해서 그렇게 느껴본 적이 있나요, 레드?

레드: 젊었을 때 하모니카를 조금 분 적이 있었지. 흥미를 잃어버렸어. 여기서는 별 의미가 없었거든.

앤디: 여기야 말로 가장 의미 있는 곳입니다. 잊어버리지 않기 위해 그것이 필요합니다.

레드: 잊는다?

앤디: 회색 벽돌로도 지워지지 않는 것들이 이 세상에 있다는 사실 말입니다. 그들이 결코 없앨 수 없는 우리 내부 안에 작은 장소가 있고 그곳은 희망입니다.

레드: 희망은 위험한 것이야. 사람을 미치게 하거든. 여기에는 아
무 것도 없어. 그 사실에 익숙해져야만 해.

앤디: [조용히] 부룩스처럼요?

Andy: The music was here…… and here. That's the one thing
they can't confiscate, not ever. That's the beauty of it.
Haven't you ever felt that way about music, Red?

Red: Played a mean harmonica as a younger man. Lost my
taste for it. Didn't make much sense on the inside.

Andy: Here's where it makes most sense. We need it so we
don't forget.

Red: Forget?

Andy: That there are things in this world not carved out of
gray stone. That there's a small place inside of us they
can never lock away and that place is called hope.

Red: Hope is a dangerous thing. Drive a man insane. It's got no
place here. Better get used to the idea.

Andy: Like Brooks did?

앤디가 레드에게 일깨워주려고 하는 자유와 희망은 레드의 자유의
지를 말한다. 자유의지는 한 개인으로 하여금 스스로 삶의 중심이 되
어 살아가도록 만드는 원동력이고 자유의지를 회복하는 것은 개성적
인간이 되는 것을 의미한다. 그러므로 앤디가 레드에게 일깨워주려고
노력하는 희망과 자유의 느낌은 레드의 개성화를 상징한다.

앤디는 두 번째 가석방 심사에서 탈락한 레드에게 하모니카를 선물
하며 불어보라고 한다. 레드는 망설이며 거절하는데 그날 밤 앤디가
준 선물을 물끄러미 바라보며 깊은 생각에 잠긴다. 이때 앤디와 레드
는 병렬편집으로 보인다. 구원의 통로 앞에 걸린 마릴린 먼로 사진을
응시하는 앤디와 하모니카를 가만히 쳐다보는 레드의 모습이 그것이

다. 여기서 병렬편집은 이 둘의 정신적 관계와 변화과정을 매우 효과적으로 전달하고 있다. 앤디에게 구원의 길이 탈출통로인 것 같이 레드에게 구원의 길은 음악을 통해 느끼는 자유의 감정인 것이며 여배우의 사진이 앤디에게 아니마를 의미하듯 하모니카와 음악은 레드에게 아니마를 상징한다.

2) 부정적 현자와의 만남

앤디와 레드의 병치관계는 서로에게 긍정적 현자로 작용하는 동시에 그들 각자가 부정적 현자를 만나게 된다는 점에서도 찾아볼 수 있다. 앤디에게 재생을 위하여 레드와 더불어 노튼 소장이 있었다면 레드의 개성화 과정에는 앤디와 더불어 부룩스 노인이 있다. 노튼 소장이 악랄한 인물이라는 면에서 부정적이었다면 부룩스는 바깥세상의 삶에 적응하지 못해서 자살하는 약한 이미지로서 부정적인 모습을 형상화한다.

부룩스는 대부분의 삶을 감옥에서 보냈기 때문에 자유의지에 따라 자력으로 생존하는 능력을 완전히 상실해 버린다. 그는 레드가 말한 대로 소위 '길들여지는'(institutionalized) 것의 공포를 상징한다. 부룩스의 비극은 같은 상황에 처한 레드에게 일종의 본보기가 되어 부룩스와 같은 종말을 맞는 대신 과감하게 가석방 규정을 어기고 탈출하도록 만드는 계기가 된다. 부룩스는 레드가 극복해야 할 그림자인 동시에 그림자를 깨닫게 만들어서 극복하도록 만드는 현자로 작용한다. 레드가 부룩스의 심정을 어느 누구보다도 정확하게 간파한 것과 가석방 후에 동일한 행로를 밟는다는 점에서 이를 찾아볼 수 있다.

부룩스는 본격적으로 묘사되기 전에도 까마귀 제이크와 함께 영화 초반부터 등장한다. 그가 본격적으로 묘사되는 것은 가석방 판정을 받자 바깥세상이 두려워서 쇼생크에 남으려고 벌이는 소동에서이다. 그 노인은 동료 죄수인 헤이우드 목을 낚아채고 해치겠다고 위협한다. 이 사건에 대하여 레드는 부룩스가 느끼는 공포를 정확하게 간파하고 묘사하는데 이를 살펴보면 다음과 같다.

> 레드: 부룩스 노인은 아무 이상이 없어. 그는 단지 길들여졌을 뿐이야. …… 그는 여기에 50년을 있었어. 이곳이 그가 아는 전부야. 여기에서 그는 중요한 사람, 교육을 받은 사람이지, 도서관 사서로서. 밖에서 그는 양쪽 손에 관절염을 앓고 있는 다 된 늙은 범죄자일 뿐이야. 신청해도 도서관 출입증 카드도 못 받을 걸. 무슨 말인지 알겠나? ……
> 여기 벽들은 이상해. 처음에는 그것을 증오하게 되다가 익숙해지지. 충분히 오랜 시간이 지나면 그것에 너무 의지하게 되지. 그것이 '길들여짐'이야. …… 그들은 여기에서 인생 전체를 보내게 하고는 바로 그 인생을 빼앗아 버린 것이야.
> Ain't nothing wrong with Brooksie. He's just institutionalized, that's all. …… Man's been here 50 years. This place is all he knows. In here he is an important man, an educated man. A librarian. Out there he's nothing but a used-up old con with arthrities in both hands. Couldn't even get a library card if he applied. You see what I'm saying? …… These walls are funny. First you hate them, then you get used to them. After long enough, you get so you depend on them. That's "institutionalized"…… They send you here for life, and that's just what they take.

영화에서는 부룩스가 가석방되어 교도소 문을 나가 버스를 타고 주거지로 가는 과정을 보여준다. 이어서 시내에서 너무나 빨리 달리는 자동차 때문에 길을 건너지 못하고 멈칫하는 장면, 부룩스가 가게에서 포

장하는 일을 하면서 손이 떨리는 것 때문에 잘하지 못하는 것을 보여
주면서 보이스 오우버로 부룩스가 동료들에게 보낸 편지가 소개된다.

부룩스: 친구들에게, 바깥에서는 얼마나 빨리들 움직이는지 믿을 수
가 없네. …… 나는 어렸을 때 한번 자동차를 보았을 뿐인
데 지금은 사방에 그것들이 있어. …… 이것[포장 일]은 힘
든 일이야. 따라 가려고 애쓰지만 거의 항상 손이 아프다네.
가게 지배인이 나를 좋아하지 않는 것 같아. …… 밤에 잠
을 잘 못 이룬다네. 침대가 너무 커. 나는 떨어지는 것 같은
악몽을 꾼다네. 나는 놀라서 깨어나지. 때로 내가 어디에 있
는 지를 기억해내는 데 시간이 걸린다네. …… 아마도 총을
구해서 세 군데의 푸드웨이를 털면 그들이 나를 집으로 보
내주려나. 그 일을 할 때 일종의 보너스로 매니저를 쏠 수
도 있겠지. 그러나 이제는 그런 종류의 엉뚱한 일을 하기에
나는 너무 늙은 것 같네. …… 나는 이곳이 싫네. 항상 두려
워하는 데에 질렸어. 이제 머물지 않기로 작정했네.

Dear fellas. I can't believe how fast things move on the
outside. …… I saw an automobile once when I was
young. Now they're every. …… It's hard work. I try to
keep up. But my hands hurt most of the time. I don't
think the store manager likes me very much…… I have
trouble sleeping at night. The bed is too big. I have bad
dreams, like I'm falling. I wake up scared. Sometimes it
takes me a while to remember where I am. …… Maybe
I should get me a gun and rob the Foodway, so they'd
send me home. I could shoot the manager while I was at
it, sort of like a bonus. But I guess I'm too old for that
sort of nonsense anymore. …… I don't like it here. I'm
tired of being afraid all the time. I've decided not to stay.

그는 마침내 깨끗하게 옷을 차려 입고 얼마 안 되는 짐을 싼 다음 천장 기둥에 "부룩스 여기 다녀가다"(Brooks was here)라고 쓴 다음 목을 매어 자살한다.

부룩스 이야기는 레드의 길들여짐의 공포에 관한 이야기라고 할 수 있다. 영화에서는 레드가 가석방되어 나가는 장면부터 부룩스와 동일한 행로를 거치는 것을 보여줌으로써 관객에게 이 둘의 유사성을 효과적으로 전달하고 있다. 레드도 부룩스처럼 교도소 문을 나가 버스를 타고 부룩스가 묵었던 똑같은 방을 할당받고 부룩스가 일했던 가게에서 똑같은 일을 하게 된다. 레드는 외부생활에 적응이 안 되어 두려움으로 하루하루를 보낸다. 감옥생활에 길들여진 그는 화장실 갈 때도 가게 매니저에게 허락을 받고 갈 정도로 제도화된 수동적 습성을 쉽게 버리지 못한다.

> 레드: (보이스 오우버)30년 동안 나는 화장실 갈 때 허락을 구했었다. 그렇게 하지 않고는 한 방울도 나오지 않는다.
> 여자들도 역시 그렇다. 그들은 다른 낯선 존재이다. 나는 인류의 반이 그들이라는 사실을 잊어버렸다. 모든 곳에 여자들이 있다. 다양한 몸매와 체격을 가진. 나는 자신을 지저분한 노인으로 욕하면서도 대부분 반 정도는 흥분해 있다.
> ......
> 직면해야만 할 뼈아픈 진실이 있다. 절대로 나는 외부에 적응하지 못할 것이라는 점이다. 내가 할 수 있는 일이라고는 나의 가석방 조건을 어기는 방법을 생각하는 것이다.
> Thirty years I've been asking permission to piss. I can't squeeze a drop without say so.
> Women, too, that's the other thing. I forgot they were half the human race. There's women everywhere, every

shape and size. I find myself semi-hard most of the time,
cursing myself for a dirty old man.

......

There is a harsh truth to face. No way I'm gonna make
it on the outside. All I do anymore is think of ways to
break my parole.

그는 감옥으로 다시 돌아가거나 부룩스처럼 자살하고 싶은 충동을 느낀다. 이렇게 생각하면서 "부룩스 여기 다녀가다"라고 적힌 곳을 올려다보며 생을 포기하고 싶은 욕구를 느낀다.

부룩스와 레드의 유사성은 부룩스에게 제이크가 있다면 레드에게는 빛나는 날개를 가진 새로 비유되는 앤디가 있다는 점에서도 찾아볼 수 있다. 까마귀 제이크는 허공을 마음껏 날아다니며 먹이를 구하는 새들과 달리 부룩스의 안주머니에서 부룩스가 먹여주는 것을 받아먹는다. 마침내 부룩스가 가석방될 때 제이크도 풀어주는데 부룩스가 자살할 때 즈음 제이크가 쇼생크로 날아와 죽어 있는 것이 발견된다. 제이크는 부룩스 노인과 함께 레드의 길들여짐의 공포를 상징한다.

부룩스는 제이크와 함께 레드의 길들여짐의 공포를 형상화하면서 레드로 하여금 길들여짐의 종말이 어떤 것인지 간접적으로 체험하도록 만든다. 부룩스는 레드가 개성화로 나아가지 못하고 지금 상태에 머무를 때 맞이해야 하는 비참한 종말을 미리 예견하도록 만든다. 이런 면에서 부룩스를 레드의 현자라고 볼 수 있다.

3) 레드의 개성화

부룩스가 부정적 모습의 현자로 레드에게 작용하는 반면 앤디는 긍정적이고 보다 적극적인 현자로 나타난다. 레드는 앤디를 찬란한 날개를 가진 새로서 쇼생크의 회색 담장 위를 마음껏 날아가는 이미지로 그린다. 이는 레드 내부에서 꿈틀대는 비상에의 욕망을 앤디에게 투사하여 드러낸 것이다.

> 레드: 그를 잘 알던 우리는 가끔 그의 이야기를 했다. …… 그러나 가끔 그가 가버리고 없는 것이 나를 슬프게 한다. 앤디는 가고 없다. 나는 스스로에게 어떤 새들은 새장 안에 가두어 둘 수 없다고 말할 뿐이다. 그들의 날개는 너무 멋진 것이다. …… 그리고 그들이 날아가면 그들을 가두는 것이 죄악이라는 것을 알기 때문에 한편으로 기뻐하지만 그들이 가면 당신이 사는 곳은 더욱 단조롭고 공허해진다.
> Those of us who knew him best talk about him often. …… Sometimes it makes me sad, though, Andy being gone. I have to remind myself that some birds aren't meant to be caged, that's all. Their feathers are just too bright. …… and when they fly away, the part of you that knows it was a sin to lock them up does rejoice …… but still, the place you live is that much more dead and empty that they're gone.

레드는 앤디를 통해 그의 내부에 잠자고 있던 희망과 자유에의 의지를 다시 느낀다. 레드는 이전까지 길들여져 있던 자신을 버리고 제도와 억압으로부터 서서히 자유로워진다.

세 번째 가석방 심사에서 그가 보인 초연한 자세에서 레드의 변화된 모습을 엿볼 수 있다. 이 장면에서 레드는 앞의 두 번에 걸친 가석방심사에서 보인 태도와 사뭇 다른 자세를 보여준다. 그 두 번의 심사에서 레드는 자신이 교화되었냐고 생각하느냐는 질문에 "예, 완전히

요. 저는 교훈을 얻었습니다. 저는 변화되었다고 솔직히 말할 수 있습니다. 저는 더 이상 사회에 위험인물이 아닙니다. 그것은 신이 아시는 진실입니다. 의심의 여지가 없습니다”라고 대답한다.

그러나 레드는 가석방되고 싶어서 초조해하던 그전의 모습과 달리 이번 심사에서는 가석방 여부에 대하여 초연한 모습을 보여준다. 본인이 참회했다고 생각하느냐는 질문에 레드는 참회라는 것은 단지 정치가들의 말에 불과하고 자기는 그것이 무엇인지 모른다고 한다. 단지 과거를 돌아보면 어리석은 젊은이가 보이고 그에게 옳은 길을 가르쳐 주고 싶은데 이제 그 젊은이는 사라지고 늙은이만 남아 후회스럽다고 한다. 그러면서 참회나 가석방에 관심이 없다고 한다.

남자1: 서류에 따르면 종신형 중 40년을 복역 했군요. 자신이 참회
　　　 했다고 생각하나요? ……

레드: ……참회라. 어디 봅시다. 생각해보니 나는 그것이 무엇인지
　　　 모릅니다.

남자1: 그건 당신이 사회에 복귀할 준비가 되었나를 의미하는……

레드: 나는 당신이 생각하는 그 말의 의미는 알고 있소. 내가 보기
　　　 에 그것은 지어낸 말, 정치가들의 말이오. 당신같이 젊은 사
　　　 람이 양복과 넥타이를 매고 직업을 가질 수 있도록 만들어
　　　 진 말. 당신이 정말로 알고 싶은 것은 무엇입니까? 내가 한
　　　 행동을 후회하냐고?

남자2: 그런가요?

레드: 하루라도 후회 안한 적이 없소. 내가 여기 있어서도 아니고
　　　 당신이 내가 그래야 한다고 생각하기 때문도 아니오. 나 자
　　　 신, 과거의 나를 돌아보면 …… 그 끔찍한 죄를 저지른 어
　　　 리석은 젊은이가 보인다오. 그에게 올바른 것을 말해주고
　　　 싶소. 진실이 무엇인지. 그러나 그럴 수 없소. 그 아이는 오
　　　 래 전에 사라지고 이제 이 늙은이만 남았소. 그리고 그렇게

살아야 하오. 참회? 그것은 쓸데없는 소리니까 어서 가서 저 쪽에 있는 가석방 신청 서류에 승인 불가 도장이나 찍고 내 시간을 낭비하지 마시오. 진실을 말하자면 나는 어떻게 되든 아무 상관하지 않소.

Man1 : Your file says you've served 40 years of a life sentence. You feel you've been rehabilitated? ……

Red : …… Rehabilitated. Let's see now. You know, come to think of it, I have no idea what that means.

Man1 : Well, it means you're ready to rejoin society as a ……

Red : I know what you think it means. Me, I think it's a made -up word, a politician's word. A word so young fellas like you can wear a suit and tie and have a job. What do you really want to know? Am I sorry for what I did?

Man2 : Are you?

Red : Not a day goes by I don't feel regret, and not because I'm in here or because you think I should. I look back on myself, the way I was …… stupid kid who did that terrible crime …… wish I could talk sense to him. Tell him how things are. But I can't. That kid's long gone, this old man is all that's left, and I have to live with that. Rehabilitated? That's a bullshit word, so you just go on ahead and stamp that form there, sonny, and stop wasting my damn time. Truth is, I don't give a shit.

이 말로 레드는 스스로 변화했음을 강조하고 있다. 레드의 말은 그가 현명해졌다는 것과 인습적인 언어로 자신의 정신적 변화를 표현하고 싶어 하지 않음을 보여준다. 참회가 정치가들의 말로서 자기는 그것을 모른다고 한 것은 레드가 참회라는 말이 상징하는, 사회가 개인에게 부과하는 제도와 인습에 더 이상 수동적으로 따르지 않을 것을 의미한다. 그는 자신이 그전에 어리석었다는 것을 충분히 깨달을 정도로 성숙해져서 사회가 정해놓은 참회라는 이름으로 또 한번 길들여지기를 거부하게 된 것이다. 내적 성장은 본인이 스스로 느끼는 것이지 기존 가치관이 요구하는 개념이나 말로 쉽게 표현되는 것이 아니다.

위의 대사에서 젊은이와 늙은이에 대한 언급은 그의 정신세계가 어리고 무분별한 단계에서 성숙하고 현명한 단계로 변했음을 의미한다. 이는 세 차례의 가석방 심사 후에 클로즈업되는 신청서 속의 레드의 젊은 시절 사진과 현재 모습의 대조를 통해서 효과적으로 드러난다. 영화는 각각의 가석방 심사 후에 신청서에 가부 결정이 도장으로 찍힐 때 젊은 시절의 레드 사진을 보여주는데 그 사진은 현재의 레드와 대조를 이루어 그의 정신적 성장을 시각적으로 제시하고 있다.

앤디는 가석방된 레드를 자신이 있는 곳으로 이끌면서 영웅을 인도하는 현자의 모습을 보여준다. 레드는 가석방되어 부룩스와 같은 삶을 살다가 더 이상 외부사회에 적응하지 못할 것 같은 절망감을 느낀다. 그러한 레드를 절망에서 희망으로 인도해주는 것은 다음에서 보이듯이 앤디와의 약속이다. "두려움 속에 사는 것은 끔찍하다. 부룩스 홀튼은 그것을 알고 있었던 것이다. 내가 원하는 것은 단지 다시 돌아가는 것이다. 내가 항상 불안해하지 않아도 되는 곳으로. 단지 한 가지가 나를 붙잡는다, 내가 앤디에게 한 약속." 그 약속은 앤디가 탈출하기 전에 둘이 맺은 것으로서 앤디는 레드에게 자신을 찾아오라고 길을 안내한다. 앤디는 이때 레드에게 감옥 밖을 나가면 무엇을 할 것인지를 말한다.

> 앤디: 당신은 여기를 빠져나갈 수 있을 것 같나요?
> 레드: 물론이지. 내가 하얗고 긴 턱수염이 나고 머리에 더 이상 들
>   은 것이 없을 정도로 아주 늙었을 때지

앤디: 내가 어디를 갈지 말하지요. 그곳은 지후아테네조입니다.

레드: 지후아테네조?

앤디: 멕시코에 있지요. 태평양 바로 연안에 있는 작은 곳입니다. 멕시코 사람들이 태평양에 대해 뭐라고 하는지 알아요? 그들은 그것이 기억이 없다고 합니다. 거기서 나의 삶을 마감하고 싶어요, 레드. 기억이 없는 따뜻한 곳에서요. 해변가에 작은 호텔을 짓고 쓸모없는 오래된 배를 사서 새것처럼 고칠 거예요. 손님들을 태우고 나가 낚시를 할 겁니다. 이거 알아요? 그런 장소에서 나는 무언가를 구해줄 사람이 필요합니다.

Andy: Think you'll ever get out of here?

Red: Sure. When I got a long white beard and about three marbles left rolling around upstairs.

Andy: Tell you where I'd go. Zihuatanejo.

Red: Zihuatanejo?

Andy: Mexico. Little place right on the Pacific. You know what the Mexicans say about the Pacific? They say it has no memory. That's where I'd like to finish out my life, Red. A warm place with no memory. Open a little hotel right on the beach. Buy some worthless old boat and fix it up like new. Take my guest out charter fishing. You know, a place like that, I'd need a man who can get things.

앤디의 말처럼 태평양에 있는 지후아테네조는 앤디와 레드가 최종적으로 정착하는 곳이 된다.

멕시코 사람들이 태평양에 대하여 기억이 없는 장소라고 하는 것은 물이 집단적 무의식의 상징이라는 것을 의미한다. 집단적 무의식은 시간과 공간을 초월한 정신세계이기 때문이다. 인간은 인생의 어느 지점부터인가 다시 무의식 세계의 부름을 받고 그쪽으로 향하게 된다. 이

과정은 모체로의 회귀로 상징되는데 위에서 배, 바다는 모두 어머니 자궁을 상징한다. 융이 "방주, 금고, 작은 상자, 통, 배 등은 태양이 재생을 위해서 가라앉는 바다처럼 자궁의 유사물이다"(*ST* 211)라고 하듯이 바다와 배는 어머니로의 회귀를 상징한다. 레드가 앤디에게 인도되어 태평양으로 향하는 것은 레드가 현자의 도움으로 무의식으로 회귀하는 것을 상징한다.

물속의 물고기는 융의 다음과 같은 지적, "연금술의 물고기 상징은 레피스, 즉 심리적으로는 자기에 직접적으로 연결된다"(*Aion* 183)에서 볼 수 있듯이 자기를 상징한다. 무의식 세계에 자기가 존재하는 것은 물속에 물고기가 사는 것으로 비유될 수 있으며 재생이 자기를 경험하는 과정이므로 물고기는 소생(renewal)과 재생을 상징한다(*CW 5* 198. par. 290). 그러므로 앤디가 제안하듯이 바닷가에서 물고기를 잡는 것은 무의식의 자기를 추구하는 것을 상징한다. 이처럼 앤디가 레드에게 바다로 와서 같이 낚시를 하면서 살자고 이끄는 것에서 그가 레드를 개성화로 이끄는 현자로 작용한다는 것을 엿볼 수 있다.

이때 레드는 지금 자기에게는 너무나도 엄청난 일이라며 꿈도 꿀 수 없다고 한다.

레드: 맙소사, 앤디. 나는 밖에서 살 수 없어. 이곳에 너무 오래 있었거든. 나는 늙은 부룩스처럼 길들여진 사람이야.
앤디: 당신을 과소평가하는군요.
레드: 쓸데없는 소리. 여기서 나는 물건을 가져다줄 수 있는 사람이야. 밖에서는 옐로우 페이지만 보면 되지. 무엇부터 해야 할지도 모를 거야. 태평양이라고? 맙소사. 그렇게 큰 것을 보면 놀라 자빠질걸.
Red: Jesus, Andy. I couldn't hack it on the outside. Been in

here too long. I'm an institutional man now. Like old
Brooks is.
Andy：You underestimate yourself.
Red：Bullshit. In here I'm the guy who can get it for you. Out
there, all you need are Yellow Pages. I wouldn't know
where to begin. Pacific Ocean? Hell. Like to scare me to
death, something that big.

이어서 레드는 앤디에게 "그만둬! 그런 상상하지 마! 몽상 같은 말
하지 마! 멕시코는 저 아래쪽에 있고 당신은 여기 있어, 그게 현실이
야!"라면서 그를 말린다. 그러나 앤디는 "당신 말이 옳아요. 그것은
저 아래에 있고 나는 여기 있지요. 그렇다면 선택할 일만 남았군요.
바쁘게 살아가든지 아니면 서둘러 죽든지"라고 하며 길들여져서 사는
것은 죽음과 같음을 제시한다.

당시에는 상상조차 하지 못했던 레드에게 앤디는 쇼생크를 빠져나
가서 자기에게로 오는 길을 구체적으로 가르쳐준다. 앤디가 레드에게
가르쳐주는 과정은 자기를 상징하는 모티프들로 이루어져 있는데 이
를 살펴보면 다음과 같다.

앤디：레드, 여기에서 혹시 나가면 나를 위해 해줄 일이 있어요.
벅스톤 근처에 커다란 풀밭이 있어요. 벅스톤이 어디 있는
지 알죠?
레드：거기에는 많은 풀밭이 있지.
앤디：특별히 한 군데가 있는데 거기에는 긴 돌담장이 있고 북쪽
끝에 커다란 참나무가 있어요. 마치 로버트 프로스트 시에
나오는 것 같이. 내가 아내에게 청혼한 것도 그곳이지요.
…… 약속해줘요, 레드. 이곳을 나가면 그곳으로 찾아오세요.
그 담 밑에 메인 풀밭에 어울리지 않는 돌이 있을 겁니다.

> 검은 흑요석이지요. 그 밑에 무언가 있을 거예요. 그것을 당
> 신이 갖기 바랍니다.
>
> Andy: Red, if you get out of here, do me a favor. There's this
> big hayfield up near Buxton. You know where Buxton
> is?
>
> Red: Lots of hayfields there.
>
> Andy: One in particular. Got a long rock wall with a big oak at
> the north end. Like something out of a Robert Frost
> poem. It's where I asked my wife to marry me……
> Promise me, Red. If you ever get out, find that spot. In
> the base of that wall you'll find a rock that has no
> earthly business in a Maine hayfield. A piece of black
> volcanic glass. You will find something buried under it. I
> want you to have.

돌과 함께 나무, 특히 참나무는 "거대한 참나무는 이전에 숲의 왕
이었다. 그러므로 그것은 가장 높은 수준의 인격을 소유하고 있는, 무
의식의 내용들 중 중심적 존재이다. 그것은 자기의 원형(prototype),
개성화 과정의 원천과 목적의 상징이다"(*CW* 13, 194, 195)라는 융의
설명처럼 개성화의 목표와 함께 자기를 상징한다.

레드는 앤디와의 약속을 지키기 위하여 브룩스처럼 생을 포기하는
대신 가석방 규정을 어기고 앤디처럼 탈출하기로 마음먹는다. 레드는
이전에 앤디가 일러준 대로 벅스톤으로 향한다. 거기서 그는 앤디가
말한 나무 아래의 돌을 들어본다. 거기에는 앤디의 편지가 들어 있다.

> 앤디: 레드에게. 당신이 이것을 읽고 있다면 이미 나왔겠지요. 그
> 리고 여기까지 왔으면 좀 더 멀리 올 수도 있겠죠. 그 마을
> 이름 기억하지요? 나는 내 계획이 이루어지도록 도와줄 사

람이 필요해요. 나는 당신이 올 때를 기다리며 체스보드를 준비하고 있겠습니다. 기억해요, 레드. 희망은 좋은 거예요. 아마 가장 좋은 것일 거예요 그리고 좋은 것은 사라지지 않지요. 당신이 이 편지를 읽게 되기를 바래요. 당신의 친구, 앤디.

Andy: Dear Red, if you are reading this, you've gotten out. And if you've come this far, maybe you're willing to come a little further. You remember the name of the town, don't you? I could use a good man to help me get my project on wheels. I'll keep an eye out for you and the chessboard ready. Remember, Red. Hope is a good thing. Maybe the best of things, and no good thing ever dies. I will be hoping that this letter finds you, and finds you well. Your friend, Andy.

앤디는 레드에게 구원으로 향하는 방향을 인도하는데 이는 앞으로 나아갈 길을 인도하는 현자 역할이다.

앤디 편지를 읽은 레드는 방으로 돌아와 부룩스처럼 옷을 단정히 차려 입고 물건을 챙긴다. 그는 "부룩스 여기 다녀가다"라고 적힌 글 옆에 "레드도 다녀가다"(So was Red)라고 새겨 넣는다. 부룩스처럼 제도화되어 홀로 서지 못했던 레드는 앤디의 도움을 받아 자살하지 않고 과감히 앤디가 있는 곳으로 향한다. 진정한 탈출을 시도하는 레드는 자유를 향한 여정의 벅찬 흥분을 느끼며 다음과 같이 표현한다.

레드: 나는 내 인생의 두 번째로 죄를 짓고 있다. …… 가석방 규정 위반. 아마 그들이 그것 때문에 검문을 하거나 하지는 않을 것이다. 나 같이 늙은 범죄자를 위해. …… 나는 너무나 흥분되어 앉아 있거나 무슨 생각을 할 수 없는 자신을

발견한다. 그것은 자유인만이 느끼는 환희일 것이다. 끝이 어떻게 될지 모르는 긴 여행을 떠나는 자유인. …… 나는 국경을 건너길 바란다. 나는 나의 친구를 만나 그와 악수하고 싶다. 나는 태평양이 내 꿈속에서처럼 푸르렀으면 하고 바란다.

For the second time in my life, I am guilty of committing a crime. ……Parole violation. I doubt they'll toss up any roadblocks for that. Not for an old crook like me. …… I find I am so excited I can barely sit still or hold a thought in my head. I think it is the excitement only a free man can feel, a free man at the start of a long journey whose conclusion is uncertain. …… I hope I can make it across the border. I hope to see my friend and shake his hand. I hope the Pacific is as blue as it has been in my dreams.

영화는 앤디를 찾아가는 레드와 이 둘의 재회장면을 카메라 기법을 통해 비중 있게 제시한다. 영화의 마지막 장면은 태평양 해변에서 배를 고치고 있는 앤디와 여기로 다가오는 레드가 재회하는 것을 부감 롱쇼트로 잡고 이어서 항공촬영으로 드넓은 바다를 보여준다.

이 영화에서 이처럼 두드러진 카메라 기법은 크레인 쇼트, 항공 촬영과 같은 부감 롱쇼트로서 이 영화의 주제인 재생을 통한 자유와 환희를 드러내는 데 쓰였다. 이 기법은 레드를 비롯한 죄수들이 스피커를 통해 나오는 "피가로의 결혼"을 들을 때, 앤디의 쇼생크 탈출장면과 차를 타고 국경을 넘어 가는 장면 그리고 마지막 장면의 앤디와 레드의 재회장면에서 사용되고 있다. 자네티는 부감 롱쇼트와 루스 프레이밍이 인물의 해방감을 나타낼 때 효과적으로 쓰인다고 다음과 같이 주장한다. "〈400번의 구타〉(*The 400 blows*)에서 트뤼포는 어린 주인공이 그의 부모와 선생들의 억누르는 듯한 억압으로부터 탈출하여 길거리에서 뛰어노는 동안 그가 누리는 자유에 대한 은유로서 롱쇼트와 루스 프레이밍을 이용하고 있다"(Giannetti 166).

앤디가 레드의 현자가 되어 바다로 인도하는 것은 생명의 근원지로 인도하는 것과 같다. 〈쇼생크 구원〉은 이처럼 바다, 물, 배, 물고기, 나무 등과 같은 풍부한 상징을 통하여 앤디와 레드가 구원에 이르는 과정을 보여주고 있다.

지금까지 〈쇼생크 구원〉에서는 현자를 중심으로 한 개성화를 살펴보았다. 앤디와 레드는 서로에게 현자로 작용하면서 자기실현으로 다가간다. 그러나 결말에서 앤디와 레드는 자신들이 살던 세상이 아닌 영화에서 망각의 장소라고 일컬어진 태평양 연안에 정착하고 여기서 앤디가 레드와 재회하는 것으로 끝이 난다. 이 결말은 자기를 실현한 후의 변화된 모습을 통한 개성화의 완결을 분명하게 제시하지 않고 앞으로 그렇게 될 것이라는 암시만을 보여준다.

VI. <스탠 바이 미>

<샤이닝>(*The Shining*), <미저리>(*Misery*),
<쇼생크 구원>(*The Shawshank Redemption*),
<스탠 바이 미>(*Stand by Me*)

앞 장에서는 현자를 중심으로 개성화에 가까이 이르는 과정을 살펴 보았다. 이번 장 〈스탠 바이 미〉는 주인공 고디의 개성화가 온전하게 이루어져서 자기를 실현한 후에 변화된 모습을 보여준다. 자기를 실현 해나가는 과정은 정신적으로 다시 태어나는 것과 같다. 개성적 인간으로 태어나기 위해 전제되는 것은 이전 모습의 죽음이다. 〈스탠 바이 미〉에서 고디가 찾아 떠나는 시체는 정신적으로 새로 태어나기 위한 고디의 죽음을 상징하므로 시체탐색은 곧 자기를 향한 여정이 된다.

여행 전에 고디는 글쓰기를 좋아하고 남다른 재능이 있음에도 불구하고 아버지의 무관심과 은근한 무시, 뛰어난 운동선수인 형 데니(Danny)에 대한 열등감 때문에 자포자기한 상태로 되는 대로 살아간다. 고디가 시체를 찾아 여행을 떠나는 것은 이와 같은 불안정한 일상을 깨고 자기 실현을 향해 출발하는 것이다. 여정을 통해 그는 정신적 딜레마를 극복하면서 작가가 되겠다는 결심을 한다. 여행을 마치고 돌아온 고디는 할일 없이 소일하던 생활을 그만두고 작가로서의 길을 걷는다. 이러한 고디의 여행은 그의 개성화 과정을 상징하며 영웅신화 패턴을 따라 전개되어 있다. 영화는 여행 전 고디의 일상을 제시하고 이어서 전령관이 등장하여 여정을 떠나도록 만든다. 여정에서 고디는 그림자, 부모 원형, 아니마, 현자를 상징하는 인물이나 사건을 만나면서 부모 원형의 영향력을 벗어나 자기를 실현한다. 이러한 과정을 구체적으로 살펴보면 다음과 같다.

1. 개성화 여정의 시작

고디는 부모, 특히 아버지가 훌륭한 운동선수이며 모범생인 데니에게만 관심을 보임으로써 데니의 그늘 밑에서 늘 열등감에 시달려왔다. "나는 세 살 이후로 나한테 손길 한번 안 주는 아버지를 조금도 사랑할 수 없었다"는 말처럼 아버지는 고디에게 관심이 없다. 고디의 아버지는 형 데니의 재능만을 인정하고 고디의 글 쓰는 재주에는 조금도 관심을 보이지 않는다. 고디의 상태는 데니의 죽음으로 더욱 악화된다. 데니가 그해 4월 지프에 치어 죽자 부모는 충격 때문에 고디에게 더욱 무심해진다. 이는 고디의 부모가 넋이 나간 무표정한 얼굴로 정원에 서 있는 장면과 "그 여름 나는 집에서 보이지 않는 아들이 되어버렸다"는 말에서 드러난다.

아버지에게서 인정을 받지 못함으로써 고디는 자신감을 잃고 정체성의 혼란을 겪는다. 고디가 아버지 때문에 느끼는 정신적 혼란은 다음과 같은 두 장면을 통해 부각된다. 첫 번째는 식사장면으로서 고디의 아버지는 데니와 이야기하느라 고디가 감자를 달라고 해도 알아듣지 못한다. 이 장면에서 데니는 고디가 쓴 이야기들이 뛰어나다고 칭찬하는데 아버지는 데니에게만 집중하느라 그 말에 대꾸조차 하지 않는다. 데니에게만 열중하는 아버지의 표정과 소외당한 고디의 얼굴이 교차됨으로써 아버지의 무관심과 무시 때문에 고디가 느끼는 감정이 잘 드러나 있다. 두 번째 장면은 형의 죽음과 관련된 고디의 악몽으로서 그가 처한 극도의 정신적 위기를 보여준다. 그 악몽은 형 무덤 옆에 서 있는 고디와 아버지를 보여준다. 이때 갑자기 아버지가 고디 어깨를 잡으며 죽은 아이가 "너였어야 했어"라고 한다. 이 악몽은 형의 죽음이 야기한 고디의 정체성의 위기를 잘 드러낸다.

114

아버지가 인정해주지 않기 때문에 고디는 글 쓰는 재주가 있음에도 불구하고 되는 대로 소일하며 살아간다. 그의 일상은 크리스(Chris), 테디(Teddy), 번(Vern)과 어울리는 것이다. 소년들은 담배, 카드놀이, 저속한 대화로 이루어진 생활을 한다. 고디 일상을 단적으로 보여주는 장면은 나무 위 오두막에서 카드놀이하는 장면이다. 동네 여자에 관한 선정적 이야기, 괴상하고 황당한 사건을 지껄이며 상스러운 속어와 욕지거리가 뒤섞인 대화를 나누는 소년들을 차례로 보여주는 장면은 고디의 일상과 그의 여정을 함께할 친구들을 제시한다. 먼저 테디의 얼굴이 클로즈업되면서 성인 고디의 테디에 대한 설명이 보이스 오우버로 들리고 이어서 같은 방법으로 크리스와 번이 소개된다.

이상의 장면은 여행 전의 고디의 모습을 제시한다. 그는 부모 원형의 절대적 영향력 아래 놓여 있는 연약한 자아와 같다. 부모의 영향력은 이제 고디에게 더 이상 긍정적으로 작용하지 못한다. 소설가로서 살아가고 싶은 고디에게 그의 글 쓰는 재능을 무시하고 인정하지 않는 아버지는 정신적인 걸림돌이 된다. 자아가 어느 정도 성장하면 독자적 인격체가 되기 위해 부모 원형의 굴레를 벗어나야 할 시기가 도래하듯이 바야흐로 고디에게도 부모의 영향력을 벗어나야 할 때가 온 것이다. 이처럼 고디가 극복해야 하는 아버지에 의해서 지배당하는 세계는 캐슬락이라는 고디의 작은 고향을 통해 비유적으로 표현된다.

고디: 내가 인간의 죽은 시체를 처음 보았을 때 나는 13세로 넘어가는 12세였다. 그것은 1959년 여름에 일어났다. 아주 오래 전이라고 볼 수 있다. 연도 측면에서만 계산하면. 나는 캐슬락이라는 오레곤의 작은 마을에서 살고 있었다. 거기에는 1281명밖에 없었으나 나에게 있어 그것은 모든 세상이었다.
I was 12 going on 13 first time I saw a dead human

being. It happened in the summer of 1959. A long time ago. But only if you measure in terms of years. I was living in a small town in Oregon called Castle Rock. There were only 1281 people, but to me it was the whole world.

고디가 태어나서 자란 캐슬락이 그 당시까지 그에게 모든 세계였다는 것은 아기에게 부모가 모든 세상처럼 느껴지는 것과 같다. 캐슬락은 고디의 부모 원형의 투사이고 고디가 시체탐색을 위해 캐슬락을 떠나는 것은 부모 원형의 테두리를 벗어나는 것을 의미한다.

고디가 캐슬락을 벗어나는 계기는 기차에 치어 죽은 레이 브로우어(Ray Brower) 소년의 행방을 알게 된 것이다. 고디 일행에게 시체행방을 알려주는 사람은 번이다. 번이 시체의 행방을 알게 된 경로는 보물찾기하다 발견한 것으로 고디의 자기탐색에 대한 복선이 된다. 번은 동전 넣은 단지를 현관 밑에 묻고 보물지도를 그려두었었다. 어머니가 청소하다가 지도를 버리자 번은 아홉 달 동안이나 숨겨놓은 보물을 찾아 현관 밑 땅속을 파헤치고 다녔다.

번은 그날도 여느 때처럼 현관 밑에 들어갔다가 형과 친구가 하는 이야기를 엿듣게 된다. 그들은 자신들이 사우스 할로우(South Harlow)에서 레이 브로어 시체를 목격한 이야기를 하며 경찰에 알려 귀찮은 일을 당하느니 차라리 입 다물고 있자고 다짐한다. 번은 소년들에게 시체행방에 대해 전하고 그들은 뜻밖의 소식에 흥분한다. 그들은 호기심과 자기들이 시체를 찾으면 유명해질 것이라는 기대에 부풀어 여행을 떠나기로 결심한다.

시체행방에 관한 소식을 전하는 것은 영웅신화에서 영웅으로 하여금 모험을 떠나도록 만드는 소명에의 부름이다. 심리적으로 전령관의 등장은 고디 무의식에서 꿈틀대는 변화로의 움직임을 상징한다. 고디가 시체를 찾아 떠나는 표면적 동기는 호기심과 영웅대접을 기대하는 것이지만 심층에는 부모의 굴레를 벗어나고 싶은 욕구가 존재한다. 그러므로 번이 시체의 행방을 알려주는 것은 고디가 부모의 굴레를 벗어나고자 시도하는 계기가 된다.

시체를 찾아 나서기 위해 소년들은 집에 적당히 거짓말을 하고 이틀간의 여정에 오른다. 시체는 철길 저편의 로얄 강(the Royal River) 어귀 사우스 할로우에 있다. 그들은 차를 타면 쉽게 갈 수 있는 곳을 일부러 철길을 따라 걸어가기로 결정한다. 여기서 철로는 고디의 개성화로의 여정을 상징하는데 이러한 상징은 롱쇼트로 고디 앞에 저 멀리까지 뻗어 있는 철로를 한눈에 보여주는 장면을 통해 부각된다.

롱쇼트는 인물과 배경을 한눈에 보여줌으로써 그 인물과 배경 사이의 관계를 제시하는 효과를 내는데 〈스탠 바이 미〉에는 앞으로 뻗어 있는 철길, 강 위로 높이 드리워진 철로를 롱쇼트로 보여주거나 소년들이 철길을 따라 걸어가는 것을 광각 롱쇼트로 제시하는 등의 롱쇼트 장면이 종종 등장한다. 이것은 철길과 고디의 관계를 한눈에 제시하여 철길이 개성화로의 여정이며 그것을 따라 걸어가는 것이 자기를 향해 나아가는 과정을 상징한다는 것을 시각적으로 제시한다. 그 과정에서 고디는 무의식 원형이 투사된 인물과 사건을 차례로 만난다. 개성화를 위해서 먼저 인식해야 하는 원형은 그림자인데 이를 살펴보면 다음과 같다.

2. 그림자

그림자는 흔히 의인화되어 나타나는데 고디의 그림자는 번과 테디이다. 이들은 모두 고디가 극복해야 하는 열등한 면을 보여준다. 번은 유아적인 소심함과 두려움을 나타내고 테디는 아버지에 대한 정신적 고착과 무모한 영웅심리를 보여준다.

번은 테디가 '겁쟁이 중의 왕'이라고 놀리듯 넷 중에서 겁이 제일 많고 소심한 소년이다. 그는 여정의 매 순간마다 전진하기를 두려워하고 편한 길로 가거나 아예 돌아가자고 조른다. 이러한 번의 모습을 가장 단적으로 보여주는 시퀀스는 강 위로 높이 드리워진 철도를 건너갈 때이다. 다른 소년들은 모두 걸어가는데 번은 발을 헛디뎌서 강으로 떨어질까 봐 기어서 간다. 이때 갑자기 기차가 오자 번은 어쩔 줄 몰라 하는데 같이 가던 고디가 번을 일으켜 세워서 함께 뛰어가느라 이 둘은 기차에 치일 뻔한다.

번의 겁쟁이 같은 소심함을 상징하는 물건은 빗이다. 번은 여행을 떠날 때 시체를 찾은 후에 텔레비전에 나올 때를 대비해서 빗을 챙겨 오는데 이처럼 빗은 번의 유명해지고 싶은 유아적 영웅심리를 보여주는 동시에 다음에서처럼 그가 느끼는 두려움을 상징한다. 번이 강 위로 드리워진 철로를 기어갈 때 빗이 그의 윗도리 주머니에서 떨어져서 저 아래 강 밑으로 떨어진다. 이는 번을 더욱 아찔하게 만드는데 이 장면에서 빗이 번의 두려움을 상징한다는 것을 볼 수 있다.

테디는 번과 대조적으로 영웅심과 남자다움에 대한 동경 때문에 무모하고 거칠게 행동한다. 기차가 올까 두려워하는 번, 고디와 반대로 테디는 기차 피하기 놀이를 즐긴다. 여정에서 전진하기를 두려워하는 번을 놀리는 테디는 줄곧 앞으로 가자고 우기면서 일부러 무섭고 험한 길을 선택한다. 그러나 테디의 이런 행동은 성숙한 용기에서 비롯된 것이 아니다. 테디가 진정한 용기를 가진 인물이 아니라는 것을 에이스(Ace)가 칼을 뽑아 들고 시체를 내놓으라고 할 때 번과 함께 제일 먼저 달아나려고 하는 데서도 볼 수 있다.

테디의 무모한 영웅심리는 아버지 콤플렉스에서 비롯되었다. 고디가 아버지 때문에 괴로워하듯 테디는 "테디 듀챔은 우리가 어울린 아이들 중에서 가장 미친 아이였다. 그는 인생에서 별 운이 없었다. 그의 아버지는 발작적으로 화를 냈다. 언젠가 그는 스토브 위에 테디의 귀를 대고 있다가 거의 태워버릴 뻔했다"라는 고디의 말처럼 정신 이상자인 아버지에게 학대를 당한다.

테디는 아버지에 의해 청력 손상을 입을 정도로 학대를 받으면서도 아버지를 영웅으로 여기고 인생의 역할모델로 삼는다. 그는 고물상의 마일로 프레스먼(Milo Pressman)이 아버지를 욕하자 격하게 반응하면서 자기 아버지는 위대한 전쟁영웅이라고 우긴다. 테디의 아버지 콤플렉스는 그로 하여금 군인에 대한 동경을 갖게 만들어서 여행 내내 그는 자신을 진격하는 군인처럼 생각한다. 테디의 군복 같은 카키색 의상과 군번 목걸이 또한 그의 이러한 상태를 보여준다.

테디가 아버지를 우상화하는 것은 현실 아버지의 자질에서 기인한 것이 아니고 무의식의 아버지 원형이 현실 아버지로 투사되었기 때문이다. 원형은 직접적으로 경험되는 대신 외부 사물에 투사되어 주체로 하여금 감정적으로 그 대상에 집착하도록 만든다. 테디는 무의식의 아버지 원형을 실재 아버지와 동일시하고 감정적으로 집착함으로써 부모 원형에 고착된 상태를 벗어나지 못한다.

이처럼 테디의 자아가 아버지 원형의 영향력에 잡혀 있는 것은 그의 인생 전체에 부정적인 영향을 미친다. 테디는 아버지처럼 군인이 되고자 막무가내로 군대에 지원한다. 육체적으로 군대기준에 미달됨에도 불구하고 무작정 지원을 거듭하다가 그의 인생은 철저히 좌절된다. 그는 결국 범죄자로 전전하면서 캐슬락 주변을 맴돌게 된다.

고디는 여행을 하면서 번과 테디가 상징하는 소심함과 두려움, 부

모에의 정신적 고착상태를 극복하기 시작한다. 이는 다음에서 보이듯
이 그에게 두려움과 공포를 불러일으키는 대상과 대면함으로써 이루
어진다.

3. 부모 원형

고디에게 위협적으로 나타나는 대상은 마일로의 애견인 차퍼(Chopper)
와 기차이다. 차퍼는 고디에게 거세 공포를 불러일으킨다는 면에서 공포
의 어머니 원형을 상징한다. 고디는 철길을 따라갈 때 기차가 언제 올지
몰라서 늘 불안해한다. 이처럼 기차는 고디가 전진하는 것을 망설이게 만
드는데 실제로 고디는 달려오는 기차에 목숨을 잃을 뻔한다. 이처럼 시체
를 향한 고디의 전진을 방해하고 그를 잡아먹을 듯 달려든다는 면에서
기차는 자아가 자기로 나아갈 때 강력한 영향력으로 자아를 구속하는 부
모 원형을 상징한다고 볼 수 있다. 차퍼와 기차가 고디의 여정에서 의미
하는 바를 살펴보면 다음과 같다.

차퍼는 이름이 상징하듯 사납기로 소문나 있어서 소년들은 이 개와
마주치는 것을 끔찍하게 싫어한다. 차퍼에 대한 고디의 설명은 이러한
두려움을 잘 보여준다.

> 고디: 고물상을 통과할 수 없다는 규칙은 고물상 주인인 마일로
> 프레스먼과 캐슬락에서 가장 두려워하며 가장 알려지지 않
> 은 개인 차퍼에 의해 시행되고 있었다. 소문에 의하면 마일
> 로는 차퍼를 단순히 공격하게만 훈련시킨 것이 아니고 신체
> 의 특정 부위를 물도록 했다는 것이다.
>
> No trespassing was enforced by Milo Pressman, the junk

man, and his dog Chopper. The most feared and least seen in Castle Rock. Legend has it that Milo had trained Chopper not just to sic, but to sic specific parts of the human anatomy.

고디가 차퍼를 무서워하는 것은 두 가지 이유 때문이다. 하나는 고디가 실제로 차퍼의 모습을 본 적 없이 단지 소문으로만 듣고 마음속에서 차퍼를 괴물처럼 상상하고 무서워하게 된 것이다. 두 번째는 차퍼가 '신체의 특정 부위'를 물도록 훈련받았다는 소문이 불러일으키는 거세 공포 때문이다.

고디가 차퍼와 대면하는 과정은 다음과 같다. 마일로의 쓰레기장 안으로 들어간 소년들은 동전 던지기로 식료품점에서 음식 사올 사람을 결정하는데 고디가 걸린다. 식료품점에서 돌아온 고디는 친구들이 모두 사라진 것을 알게 된다. 친구들은 고물상 주인 마일로와 차퍼가 나타나자 이미 밖으로 도망친 상태였다. 고디는 친구들이 부르는 소리를 듣고 울타리로 뛰어간다. 차퍼가 사나운 기세로 쫓아오기 때문에 고디는 있는 힘을 다해 울타리로 달려간다.

이때 고디의 필사적인 표정과 동작이 슬로우모션으로 처리되면서 성인 고디의 목소리가 보이스 오우버로 나온다. 당시 고디는 마일로가 차퍼에게 "저 아이를 물어라"(Sic him boy!)라고 하는 말을 "그것을 물어라"(Sic balls!)는 말로 알아들었다는 설명이 나오는데 이 장면의 슬로우모션과 고디의 설명은 차퍼가 고디에게 거세 공포를 불러일으켰음을 효과적으로 제시한다.

이처럼 거세 공포를 일으킨다는 면에서 차퍼는 공포의 어머니를 상징한다. 고디가 공포의 어머니를 극복하는 과정은 그가 차퍼에게서 도망쳐서 울타리를 뛰어넘은 후에 처음으로 차퍼의 존재를 눈으로 보았을 때이다. 이때 고디는 차퍼가 무서운 괴물이 아니라 흔한 잡종 개에 불과하다는 것을 알게 된다. 고디는 너무나 어이가 없어서 자기도 모르게 "저게 차퍼야?"라고 한다.

이 장면에서 성인 고디의 독백, "차퍼는 허구와 현실 사이의 엄청난 괴리를 가르쳐준 첫 번째 교훈이었다"가 보이스 오우버로 나온다. 고디는 사람들 말만 듣고 차퍼가 엄청나게 크고 강한 개일 것이라고 미리 겁을 먹는다. 그러나 그것과 대면하자 자신이 무서워한 것은 실제 개가 아니라 마음속의 두려움임을 깨닫게 된다. 고디는 차퍼의 실체를 보고 마음속에 뭉쳐 있던 두려움을 떨쳐 버리게 된다.

고디를 기다리는 두 번째 관문은 기차이다. 고디가 위협적으로 달려오는 기차와 정면으로 대면하는 곳은 강 위에 드리워진 철로이다. 카메라는 강 위 높은 곳에 드리워진 철도를 롱쇼트로 보여줌으로써 기차가 달려올 경우 죽음 외에 빠져나갈 방법이 없다는 상황을 한눈에 제시한다. 이 철로를 앞에 두고 소년들은 시간이 걸리더라도 강 쪽으로 내려가 안전하게 돌아가자고 하는데 테디가 철도를 따라 건너가겠다고 고집한다. 테디 고집 때문에 어쩔 수 없이 크리스와 테디를 선두로 고디와 번이 뒤를 따라간다.

번이 겁을 집어먹고 기어가는 바람에 고디도 뒤쳐지는데 갑자기 저쪽에서 힘차게 달려오는 기차 소리가 들린다. 기차는 우렁찬 소리를 내고 검은 연기를 내뿜으면서 맹렬하게 달려온다. 고디와 번은 사색이 되어 뛰어가는데 이때 그들이 화면의 아래쪽에 위치하고 그 뒤로 검은 기차가 화면을 가득 메움으로써 고디와 번이 아무리 달려가도 앞으로 나아간다는 느낌을 주지 않으면서 마치 고디와 번이 거대한 기차에 치일 듯한 절박한 느낌을 준다.

이처럼 고디의 자기로의 여정을 방해하고 그의 덜미를 붙잡듯이 달려든다는 면에서 기차는 고디의 부모 원형을 상징한다. 고디는 이 사건 전에도 언제 기차가 올지 몰라서 철로를 만져보곤 했는데 이 사건을 계기로 "적어도 이제는 다음 기차가 언제 올지 알게 되었군"이라는 크리스의 말처럼 기차에 대한 불안을 떨쳐버리고 철길을 따라 전진할 수 있게 되었다.

고디는 차퍼와 기차가 상징하는 관문을 통과하면서 서서히 부모의 영향력으로부터 벗어나기 시작한다. 정신적 변화의 첫 번째 징후로서 라다스 호간(Lardass Hogan) 이야기를 들 수 있다. 야영하면서 친구들이 재미있는 이야기를 들려달라고 하자 고디는 라다스 이야기를 만들어낸다. 라다스는 고디 또래의 소년으로 뚱뚱한 몸 때문에 주변 사람의 놀림과 조롱의 대상이 된다. 어느 날 그는 자기를 놀려대고 괴롭혔던 사람들에게 복수할 절호의 기회를 맞는다. 파이먹기 대회에서 그는 파이접시 위에 얼굴을 파묻고 엄청난 양의 파이를 먹은 다음 사람들에게 토해내기 시작한 것이다. 파이먹기 경연장은 삽시간에 아수라장이 되고 거기 있던 사람들도 덩달아 라다스처럼 서로에게 음식을 토해낸다. 라다스는 소외되고 인정받지 못한다는 면에서 고디를 상징한다. 파이먹기 대회는 라다스가 조롱의 대상에서 벗어나 새로운 자기로 태어나는 의식이다. 라다스 이야기는 앞으로 일어날 고디의 할례와 자기실현에 대한 예비적 의식이다.

다음 단계에서 고디는 자기를 상징하는 모티프인 사슴을 보고 강렬하게 이끌린다. 융은 사슴이 예수와 머큐리어스를 상징한다고 하였는데 예수와 머큐리어스는 모두 자기를 상징하는 모티프이다(*CW* 5 293, 9n). 이튿날 아침 혼자 잠을 깬 고디는 우연히 철로 위에 사뿐히 내려온 사슴을 마주하면서 신비로운 감정에 사로잡힌다. 이때 사슴을 보고 넋을 잃은 고디의 표정과 신비한 느낌을 주는 사슴의 클로즈업이 교대로 보임으로써 고디가 사슴에게 강렬하게 이끌리고 있다는 것을 알 수 있다.

고디가 사슴에게 매혹당한 것은 자기에 이끌림을 상징한다. 기차에 치일 뻔한 사건 이후에 철로 위에서 사슴과 대면한 것은 고디가 자기실현에 다가가고 있다는 것을 보여준다. 이는 사슴이 상징하는 자기가 자아로 하여금 기차로 나타난 부모 원형으로부터 벗어나도록 이끌고 있음을 보여주기 때문이다. 고디의 다음과 같은 독백, "화물열차가 다른 아이들을 깨웠고 그 사슴에 대해서 거의 말할 뻔했다. 그러나 나는 하지 않았다. 그것은 내가 혼자 간직하는 유일한 것이다. 나는 지금까지 그것을 말하거나 쓴 적이 없다"에서 보이듯 고디가 이때의 감정을 감히 말하지 못한 것도 자기와의 대면이 말로는 표현할 수 없는 오묘한 경험이기 때문이다.

순간적이지만 놀라운 감동으로 자기를 접한 고디는 "우리 배 속이 [배고픔으로] 요동칠 때 우리는 로얄 강을 향해 갔다. 로이 브로어의 실재가 점점 더 증가했고 더위에도 불구하고 우리를 계속 움직이게 했다. 나에게 있어 그 소년의 죽은 시체를 보는 것은 일종의 집착이 되기 시작했다"라는 말에서 볼 수 있듯 죽은 소년의 시체를 찾는 일에 강렬한 집착을 보인다. 이렇게 시체를 찾는 일에 몰두하게 되면서 그는 본격적으로 자기로 향한다.

4. 아니마

시체를 발견하기 전에 고디는 상징적 할례를 경험한다. 소년들은 철길을 따라가다가 먼발치에 있는 로얄 강을 보고 숲 속 지름길을 가로

질러 가기로 한다. 숲 속을 걸어가던 소년들 앞에 웅덩이가 나타나자 물속으로 들어간다. 얼마 들어가지 않아 소년들은 모두 물에 빠진다. 헤엄쳐 나온 소년들은 뜻밖의 모험에 재미있어 하지만 문득 온몸에 거머리가 붙어 있는 것을 발견하고 기겁한다. 그들은 헐레벌떡 옷을 벗고 거머리를 떼어냈다. 고디는 서둘러 거머리를 떼어낸 다음 문득 이상한 느낌이 들어 팬티 안을 들여다본다. 이때 그는 얼굴이 하얗게 질려서 천천히 사타구니에 붙어 있는 거머리를 떼어내고 기절한다.

할례는 어머니 원형에의 고착상태를 벗어나 무의식의 여성성인 아니마를 회복하는 과정이다. "최고 단계의 의식[할례]을 통해서 그[입문자]는 영적인 측면에서 자신의 신비한 여성을 회복한다"(Vierne 38, 39). 거머리로 인한 고디의 상징적 할례와 죽음은 고디가 부모에의 고착상태를 벗어나는 것을 의미한다. 할례는 자신의 일부 혹은 전부를 버리는 자기희생적 행위로서 자기희생은 어머니 원형에 고착된 상태를 벗어나서 전진하는 것을 의미한다(*CW 5* 430, 431. par. 671).

할례의 배경이 된 숲과 물은 이러한 상징성을 뒷받침한다. 숲은 "숲 속에 뭐가 있는지 모르잖아"라는 번의 말처럼 미지의 위험과 신비를 간직하고 있는 무의식을 상징한다(*CW 13* 194. par. 241). 물은 육을 영으로 변화시키는 물질이고(*CW 13* 77. par. 103) 육이 영으로 변하는 것은 정신적인 초월, 즉 개성화를 말한다. 숲과 물을 배경으로 할례가 행해진 것은 무의식의 심층에서 정신적 초월이 이루어지고 있음을 의미한다.

할례를 통해 자기에 더욱 강하게 이끌리는 것은 시체에 대한 강렬한 집착으로 나타난다. 고디가 정신을 차릴 때 번은 돌아가자고 조르고 테디는 번을 겁쟁이라고 놀려대며 작은 소동이 일어난다. 이때 고디는 조용히 하라고 하면서 "나는 돌아가지 않을 거야"라고 단호하게 말한다. 다음과 같은 고디의 독백, "그때 나는 내가 그 시체를 왜 그 토록 봐야만 하는지 알지 못했다. 아무도 따라오지 않았더라도 나는 혼자라도 갔을 것이다"에서 고디가 느끼는 시체에 대한 강한 욕망을 볼 수 있다.

5. 현 자

자아가 부모 원형으로부터 아니마에 이르고 자기를 경험하려면 현자의 개입과 도움이 필요하다. 고디에게 현자로 작용하는 인물은 번과 테디, 데니와 크리스이다. 번과 테디는 익살스러운 형태로 나타나는 현자를, 데니와 크리스는 지적인 형태의 현자를 상징한다.

번은 시체 행방을 알려준 전령관 역할을 했으며 테디는 거칠고 험한 길을 가도록 만들고 어려움에도 불구하고 계속 전진할 것을 종용하는 인물이다. 번이 전해 온 시체에 관한 말을 듣고 그 길을 알고 있다고 한 사람도 테디로서 그는 "나는 백 할로우 로드를 알아! 그것은 로얄 강까지 나 있어. 기찻길이 바로 거기에 있어! 우리 아버지가 거기서 낚시를 하곤 하셨어!"라고 한다.

테디가 한 말에서 물은 무의식이고 그 안에 사는 물고기는 자기를 상징하므로 낚시는 자기와 관련된 경험이다. 테디가 낚시 장소인 로얄 강으로 가는 길을 알고 거기까지 친구들을 이끌고 가는 것에서 현자의 상징을 볼 수 있다. 또한 그는 강 위로 난 철로와 숲 속 지름길로 가자고 우겨서 고디로 하여금 기차, 할례 경험을 통해 부모 원형을 극복하는 기회를 마련해준다.

현자는 테디, 번처럼 익살스럽게 나타나기도 하지만 많은 경우 데니, 크리스처럼 영웅보다 풍부한 지식과 경험을 가진 인물로 나타난다. 이 둘은 고디의 글 쓰는 재능을 알아보고 이를 키워가도록 격려하고 도와준다. 데니는 아버지 대신 고디의 정신적 지주가 된다. 그는 가족 중 유일하게 고디에게 관심을 갖고 인정해준 인물이다. 고디는 데니와 비교당하면서도 그를 미워하지 않고 경외심을 갖고 따른다.

데니가 현자로 작용하는 구체적인 면을 그가 고디에게 선물한 모자를 통해서 볼 수 있다. 데니는 모자를 주면서 다음과 같이 말한다. "고디, 내가 줄게 있어! 이것은 내 친구인 너를 위해서 주는 거야. …… 이것은 행운을 가져다주는 모자야. 네가 그 모자를 쓰면 얼마나 많은 물고기를 잡을 수 있는지 알아? 엄청나게 많은 물고기를 잡을 수 있을 거야." 데니 모자를 쓰면 물고기를 많이 잡을 수 있다는 것은 데니가 고디에게 현자가 되어 자기실현을 이끈다는 것을 상징한다.

고디는 여행을 떠나기 전에 데니의 모자를 찾아서 쓰고 간다. 고디는 여행을 위해 친구들과 만날 약속을 하면서도 그들처럼 선뜻 기분이 나지 않는다. 그 이유는 죽은 형에 대한 기억 때문인데 형에 대한 우울한 추억은 다른 친구들처럼 여행에서 재미를 느낄 수 없을 것 같은 느낌을 준다. 영웅이 망설일 때 영웅으로 하여금 길을 떠나도록 재촉하는 것은 현자이다. 고디는 우울해하다가 데니가 준 모자를 생각해내고 그것을 쓰고 여행길에 오른다.

데니와 더불어 고디에게 현자로 작용하는 인물은 크리스로서 고디와 크리스의 관계는 영화 전체를 통하여 매우 비중 있게 다루어진다. 크리스가 차지하는 중요성은 영화 오프닝 장면에서부터 보인다. 영화는 성인이 된 고디의 자기고백적 회상으로 전개되는데 그로 하여금 자신의 내면 이야기를 하도록 만든 계기는 크리스의 죽음이다. 고디는 자동차 안에서 크리스가 뜻밖의 사고로 숨졌다는 신문기사를 보며 괴로워한다. 이 장면에서 벤 이 킹(Ben E. King)의 노래 "스탠 바이 미"(Stand by Me) 연주곡이 흐르면서 고디의 자동차 밖으로 두 소년이 정답게 자전거를 타고 지나가는 것이 보인다. 카메라가 이 두 소년을 따라가며 서서히 어린 시절 장면이 삽입되면서 과거로 돌아간다.

크리스의 현자로서의 역할은 그가 고디의 글 쓰는 재주를 알아보고 고디로 하여금 그의 재능을 낭비하지 말고 키워가도록 깨우쳐준다는 점에서 찾아볼 수 있다. 다음의 대화에서 크리스는 고디에게 자기 패거리들과 어울리지 말고 대학진학반에 들어가라고 충고한다.

크리스: 학교 갈 준비는 되었니?
고디: 그래
크리스: 고등학교. 그게 무엇을 의미하는지 알지. 다음 6월이면 우리 모두는 흩어진다는 것이지.
고디: 무슨 소리야?
크리스: 너는 대학진학반을 듣고 나, 테디, 번은 모두 취업반에 있으면서 다른 머저리들과 함께 재떨이며 새장을 만들고 있을 거야. 너는 많은 새로운 아이들, 똑똑한 아이들을 만날 것이고
고디: 많은 겁쟁이들을 만난다는 이야기구나. ……나는 그런 많은 겁쟁이들을 만나지 않을 거야. 없던 말로 해.
크리스: 그렇다면 너는 멍청이야
고디: 친구들과 같이 있고 싶어 하는 것이 무슨 멍청이야?
크리스: 너의 친구들이 너를 끌어내린다면 [네가] 멍청이라는 거야! 우리와 어울리면 머리에 똥만 들어 있는 또 다른 멍청한 사람이 될 거야. …… 너는 언젠가 훌륭한 작가가 될 거야, 고디.
Chris: You ready for school?
Gordy: Yeah.

Chris: Junior high. You know what that means. By next June
we'll all be split up.
Gordy: What are you talking about?
Chris: You're taking your college-courses and me, Teddy and
Vern will all be in the shop courses with all the rest of
the retarders making ashtrays and birdhouses. You gonna
meet a lot of new guys. Smart guys.
Gordy: Meet a lot of pussies is what you mean. …… Not going
to meet a lot of pussies, forget it.
Chris: Well then you are an asshole.
Gordy: What's asshole about wanting to be with your friends?
Chris: It's asshole if your friends drag you down! You hang
with us, you'll be just another wise guy with shit for
brains…… You could be a real writer, Gordy.

고디는 아버지에게 인정받지 못하는 글쓰기는 아무 의미가 없다고 생각한다. 부모 원형은 자아에게 있어 절대적 권위와 위엄을 행사하기 때문이다. 고디의 경우 아버지 원형이 투사된 실제 아버지가 고디의 재능을 하찮게 여기기 때문에 고디도 글쓰기를 쓸데없는 짓이라고 여기게 된다. 크리스는 고디 아버지의 적절하지 못한 태도를 비난하면서 고디에게 아버지의 영향력에서 벗어나서 신이 준 그의 재능을 키워가라고 설득한다.

고디: 젠장 글쓰기라니! 나는 소설가가 되고 싶지 않아. 그건 멍청
한 짓이야. 그건 멍청한 시간낭비라구!
크리스: 그건 너의 아버지가 하는 말이지. 나는 너의 아버지가 너
에 대해 어떻게 생각하는지 알아. 그는 너한테 조금도 관
심이 없어. 그가 귀여워한 것은 데니였어. 그렇지 않다고

하지마! ……

내가 너의 아버지였으면 좋겠다. 내가 만약 그랬다면 너는 취업반 같은 멍청한 이야기를 하며 돌아다니지는 않았을 텐데. 그건 신이 너에게 준 선물이야. 네가 창조해낼 수 있는 이야기들 말이야. 그리고 그(신)는 이렇게 말했지, "얘야. 이것이 내가 너에게 준 것이니라. 그것을 잃어버리지 않도록 하여라." 하지만 애들은 누군가 그들을 보살피는 사람이 없으면 모든 것을 잃어버리지. 만약 너의 부모가 그 일을 하지 않으면 내가 하겠어.

Gordy: Fuck writing! I don't want to be a writer. It's stupid! It's a stupid waste of time!

Chris: That's your dad talking. I know how your father feels about you. He doesn't give a shit about you. Denny was the one he cared about, and don't try to tell me different! ……

Wish I was your dad. You wouldn't be going around talking about taking these stupid shop courses if I was. It's like God gave you something, man, all those stories that you can make up. And he said, "This is what we got for you, kid. Try not to lose it." But kids lose everything unless there's someone there to look after them. And if your parents are too fucked up to do it then maybe I should.

고디는 크리스의 조력으로 아버지의 구속에서 벗어나는데 이 과정은 시체를 찾았을 때 절정에 이른다.

6. 개성화를 통한 정신적 변화

시체를 발견하는 것은 이제까지 고디를 괴롭혔던 데니의 죽음과 정면으로 대면하는 계기가 된다. "이 아이는 아픈 것이 아니다. 그 아이는 자고 있는 것이 아니다. 그는 죽은 것이다"라는 말처럼 영혼이 빠져나간 소년은 이제 더 이상 로이 브로우어가 아닌 하나의 시체로서 고디에게 죽음을 실감하게 만든다. 고디는 시체를 보자 "왜 너는 죽어야 했니? 왜 그가 죽어야 했지, 크리스? 왜 데니가 죽어야 했지? 왜? …… 내가 죽었어야 했어"라며 울먹인다.

이러한 고디의 모습은 시체를 보았을 때 그동안 데니의 죽음으로 인해 아버지로부터 받았던 모든 정신적 상처가 한꺼번에 고디에게 밀려왔다는 것을 보여준다. 여기에서 고디를 괴롭히는 가장 커다란 문제는 아버지가 그의 존재를 인정하지 않는 데서 비롯됨을 알 수 있다. 고디는 "나는 쓸모없어. 아버지가 그랬어. 나는 쓸모없다구. …… 그는 나를 싫어해"라고 한다. 크리스는 아버지가 고디의 실체를 모르기 때문에 무시한다고 일깨워주면서 아버지에 대한 정신적 의존에서 벗어나도록 인도한다. 크리스의 도움으로 고디는 아버지 콤플렉스를 차츰 극복하면서 독자적으로 인생을 살아가는 법을 배운다.

시체는 정신적 재생을 전제로 한 죽음을 상징한다. 고디에게 시체는 아버지 원형을 극복함으로써 정신적으로 다시 태어나는 계기를 제공한다. 시체는 영웅이 온갖 모험 끝에 획득하는 전리품과 같다. 보물을 얻은 영웅은 이제 최종적 단계인 귀환의 관문을 통과해야 한다. 영웅신화는 보물을 빼앗으려는 세력으로부터 보물을 지켜서 무사히 귀환해야만 완성된다.

고디는 시체를 지키기 위해 가장 강력한 적과 맞선다. 시체를 빼앗으려는 무리의 우두머리는 에이스로서 '에이스'라는 이름처럼 캐슬락에서 '제일' 악랄하고 거친 악당이다. 차를 타고 가면서 길가에 늘어선 우편함들을 모조리 부수는 것에서 그의 파괴적이며 거친 면모를 볼 수 있다. 그가 입고 있는 의상 또한 검은 색이 주를 이룸으로써 그의 악당 이미지를 부각시킨다.

그는 시체 행방에 대한 소식을 듣자 자동차를 타고 쏜살같이 달려온다. 그의 대담하고 강력한 성격은 자동차 경주에서 단적으로 보인다. 그는 일차선 도로에서 앞에 가는 차를 겁주기 위해 반대편 차로로 진입하여 쏜살같이 달려간다. 이때 앞에 목재를 실은 트럭이 나타나는데 사색이 된 다른 친구들과는 달리 조금의 동요도 없이 트럭을 향해 돌진해서 결국 트럭이 길 옆으로 빠지도록 만든다. 이처럼 에이스는 고디에게는 상대도 되지 않을 만큼 강하고 악한 인물이다.

에이스는 고디가 시체를 발견했을 때 나타나서 칼로 위협한다. 그는 다음에서 보이듯이 시체를 자기가 가져가겠으니 너희들은 조용히 사라지라고 명령한다. "너희들에게는 두 가지 선택이 있어. 조용히 떠나서 우리가 시체를 차지하거나, 아니면 너희가 계속 있겠다면 너희들을 패주겠어. 우리가 시체를 갖는다." 이때 겁먹은 번과 테디는 달아나자고 하지만 크리스는 "너는 나를 죽여야 할 거야"라고 하며 에이스에게 정면으로 맞선다.

약이 오른 에이스는 크리스에게 달려드는데 이때 갑자기 총소리가 울린다. 고디는 크리스가 준 총을 에이스에게 겨누며 "너는 그를 가져갈 수 없어. 아무도 못 가져가. …… 움직여봐 에이스. 신에 맹세코 너를 죽여버리겠어"라고 하며 시체를 지킨다.

고디의 단호한 태도는 에이스를 겁먹게 하여 그는 자기 무리들과 함께 사라진다. 에이스와의 대결에서 시체를 빼앗기지 않고 보호하는 것은 고디의 변화를 보여주는 정수이다. 여행 전 에이스가 고디의 모자를 빼앗으려고 했을 때 그는 꼼짝없이 당하기만 했었다. 이제 고디는 에이스를 물리칠 정도로 강하게 변한 것이다. 고디가 들고 있는 권총은 그의 남근을 상징한다고 볼 수 있는데 권총을 이용해서 에이스를 물리치는 것은 자기실현을 통해서 새로운 인격으로 다시 태어났음을 보여준다.

고디의 변화는 시체 행방을 익명으로 신고하는 것에서도 볼 수 있다. 익명의 신고는 마치 영웅이 가져온 보물이 세상을 구원하듯 술렁이던 마을의 혼란을 가라앉게 만든다. 고디는 전에 시체를 발견함으로써 마을 사람들에게 영웅대접을 받고자 했었다. 이제 고디는 번과 테디가 시체를 가져가자고 하자 그런 식으로 영웅이 되어서는 안 된다고 한다.

고디가 마을에 돌아왔을 때 다음의 고디의 독백에서 알 수 있듯이 이전에는 모든 세상이나 다름없었던 마을이 이제는 작게 보인 것도 고디의 정신적 변화를 보여준다. "우리는 집으로 향했다. 비록 많은 생각이 마음속에 밀려왔지만 우리는 말을 하지 않았다. ……우리는 단지 이틀 만 나가 있었을 뿐이다. 그런데 마을이 어쨌든 달라 보여서 이전보다 작아 보였다."

고디의 변화는 크리스에게 무엇이든 할 수 있다고 하며 그를 인도하는 데서도 보인다. 마치 형처럼 크리스에게 의존했던 고디는 이제 크리스를 이끌어주면서 자기처럼 캐슬락을 벗어나서 넓은 세계로 나아가자고 한다. 크리스도 데니처럼 가족 때문에 고통을 받고 있었는데 이번 여행을 계기로 가족의 굴레로부터 자유로워진다. "크리스 체임버스는 우리 패거리의 리더였고 나의 가장 친한 친구였다. 그는 좋지 않은 가족 출신인데 크리스를 포함해서 모든 사람들은 그도 결국 나쁜 사람이 될 것으로 여겼다"에서 알 수 있듯이 여행 전 크리스는 가족의 평판에서 헤어나지 못했었다.

시체탐색 여행에서 크리스도 고디처럼 가족으로 인한 딜레마를 극복한다. 고디와 크리스는 서로에게 현자가 되어 자신의 내면에 있는 보다 위대한 나, 즉 자기가 투사된 인물로 작용한다. 재생을 통해 새로 태어난 자기는 자신 안에 내재된 또 다른 자기이고 이것이 바깥으로 투사된 것이 절친한 친구관계라고 하는 융의 주장(AC 130, 131. par. 235)처럼 이 둘의 우정은 자기실현으로 이어진다.

이는 영화의 결말 시퀀스를 통해 보인다. 여행에서 돌아온 고디와 크리스는 캐슬락이 내려다보이는 언덕에 서서 그 마을을 쳐다보면서 노력만 하면 그곳을 빠져나갈 수 있을 것이라고 한다. 이어서 작별인사를 하고 돌아서서 걸어가는 크리스의 모습과 그를 지켜보는 고디의 얼굴이 번갈아 보인다. 걸어가는 크리스의 뒷모습이 화면에 보이면서 다음과 같은 고디의 설명이 보이스 오우버로 나온다. "크리스도 [캐슬락을] 빠져나왔다. 그는 나와 대학반에 같이 등록했다. 비록 힘들었지만 그는 항상 그랬듯 잘 헤쳐 나갔다. 그는 대학에 진학했고 마침내 변호사가 되었다." 고디의 이 말이 끝났을 때 크리스가 잠깐 멈추어서 고디를 돌아보고 작별인사를 하며 다시 걸어간다. 이어서 고디의 독백, "지난주에 그는 패스트푸드 식당에 들어갔다. 그의 바로 앞에서 두 남자가 싸움을 시작했다. 그들 중 한 명이 칼을 뽑았다. 항상 화해를 잘 시켰던 크리스는 화해시키려고 했다. 그는 [칼에] 목이 찔려서 즉사했다"는 말이 보이스 오우버로 나오면서 걸어가던 크리스가 화면에서 사라진다.

이어서 이 모든 이야기를 쓰고 있는 성인 고디의 모습이 화면에 나타난다. 고디는 크리스 죽음을 계기로 오늘의 자기를 있게 한 여정을 되새겨보면서 "비록 내가 그[크리스]를 10년 이상 못 보았지만 나는 그를 영원히 그리워할 것임을 알고 있다. 나는 내가 12살 때 사귀었던 그들과 같은 친구를 이후에 가져본 적이 없다. 정말 누구라도 그렇지 않을까?"라는 말로 끝을 맺는다. 그는 글을 마치고 일어선다. 돌아서서 서재를 나가는 고디의 뒤로 "스탠 바이 미"의 오리지널곡이 흐르면서 고디와 크리스처럼 정답게 놀고 있는 고디의 어린 두 아들의 모습이 보이고 고디가 그들과 함께 어울리는 장면이 나온다. 마지막 시퀀스에서 흐르는 이 노래는 크리스, 번, 테디와의 경험을 통해 고디가 느낀 정신적 변화를 상징적으로 제시한다. 그러므로 영화 제목이자 주제가인 '스탠 바이 미'는 단순한 우정을 넘어서 친구들이 고디의 곁에서 개성화를 이루도록 도움을 준 것을 상징한다.

지금까지 〈스탠 바이 미〉에서 나타난 자기를 중심으로 한 개성화를 살펴보았다. 고디는 부모 원형의 지배적 영향력을 벗어나 아니마, 현자, 자기를 실현하고 이전보다 성숙한 인간이 되어 귀환한다. 고디의 귀환은 그가 변화된 모습으로 돌아오는 모습을 보여준다. 그는 자기가 가지고 있는 재능을 키워가기로 결심하고 실제로 그것을 이룬다. 〈스탠 바이 미〉는 이처럼 고디의 여행 전과 후의 모습의 변화를 통해 개성화의 온전한 귀결을 제시한다.

VII. 결 론

<샤이닝>(*The Shining*), <미저리>(*Misery*),
<쇼생크 구원>(*The Shawshank Redemption*),
<스탠 바이 미>(*Stand by Me*)

136

　　본 연구에서 살펴본 것처럼 스티븐 킹의 소설을 영화화한 이 네 작품은 개성화의 진행정도에 따라 하나의 유기적 서클로 이어질 수 있다. 〈샤이닝〉에서는 개성화가 조금도 진전되지 못하고 주인공이 파멸을 맞는 것을 볼 수 있다. 잭은 자기실현을 추구하는 대신 그림자의 파괴적 힘에 굴복함으로써 광기어린 살인마가 되어 비극적인 최후를 맞는다. 〈미저리〉에서 폴은 자기를 추구하려는 시도를 하지만 그의 개성화로의 여정은 중도에서 멈추고 더 이상 진전되지 못한다. 폴의 이러한 좌절은 어머니 원형의 작용과 이를 극복할 수 있도록 이끌어주는 아니마의 부재 때문이다. 〈쇼생크 구원〉에서는 앤디와 레드가 자기를 추구하면서 현자의 도움으로 개성화에 가까이 이르는 상태를 보여준다. 개성화의 최종적 단계로서 자기를 실현하고 변화된 모습으로 귀환하는 것을 〈스탠 바이 미〉에서 볼 수 있다. 이 영화는 고디가 자기를 추구하는 여정을 중심으로 전개되면서 그가 자기를 상징하는 모티프를 발견하고 그 후에 변화된 모습을 보여준다. 이처럼 고디의 개성화로의 여정은 자기실현을 통해 보다 성숙한 인간으로 변하는 과정을 제시한다.

　　네 작품에 나타난 개성화를 살펴볼 때 주인공의 자기실현 여부가 그들의 창조적 예술활동이 진척되는 정도를 통해서도 나타나 있음을 발견할 수 있다. 창조행위의 원천은 의식세계가 아닌 무의식의 영역으로서 창조행위는 무의식을 경험하고 인지하는 과정이다. 그러므로 주인공들이 창조적 활동에 종사하는 것을 무의식의 자기를 추구하는 개성화의 과정으로 볼 수 있다.

〈샤이닝〉에서 잭의 직업은 작가이다. 그는 오우버룩 호텔에 오기 전에 생계를 꾸려가기 위해 교사로 일하느라 글 쓰는 일에 몰두할 수 없었다. 그가 오우버룩 호텔의 겨울 관리인 직을 원한 이유는 본격적으로 작품집필에 몰두하여 작가로서 새로운 전기를 마련하고자 했기 때문이다. 그러나 잭은 호텔에 머무는 동안 단 한 줄도 창조적으로 써내지 못한다. 그가 수십 장의 원고에 써놓은 것은 "일만하고 놀지 않는 것은 잭을 멍청한 아이로 만든다" 뿐이다.

잭의 창작활동이 순조롭게 이루어지지 못한다는 것은 잭이 글을 쓰는 대신 공을 벽에 던지며 시간을 보내는 장면에서부터 보인다. 이 장면에서 카메라는 타자기를 클로즈업한 후에 서서히 물러나면서 저쪽에서 벽에 공을 던지며 소일하는 잭을 비춘다. 이러한 카메라 움직임을 따라 공이 연이어 벽에 부딪칠 때 나는 쿵 소리가 음향효과로 첨가되어 독특한 분위기를 자아낸다. 또 다른 장면으로 잭이 타자기를 치고 있는 것으로 시작되는 시퀀스를 들 수 있다. 먼저 타자기를 두드리는 잭의 진지한 표정이 클로즈업된다. 이때 웬디가 다가오자 잭은 갑자기 광기어린 표정으로 변한다. 그는 상소리를 섞어 가면서 웬디에게 자기가 글을 쓸 때는 주변에 오지 말라고 소리친다. 이 시퀀스는 열심히 글을 쓰는 것처럼 보이던 잭이 갑자기 난폭한 사람으로 변하는 것에서 잭이 온전하게 글을 쓰고 있지 못하다는 것을 암시한다. 잭의 창작활동의 실패를 가장 두드러지게 보여주는 장면은 웬디가 잭이 쌓아놓은 원고를 들여다보는 장면이다. 카메라는 웬디의 경악한 얼굴을 앙각으로 비추고 타자기에 끼워져 있는 원고를 클로즈업한다. 그 원고는 온통 "일만하고 놀지 않는 것은 잭을 멍청한 아이로 만든다"로 채워져 있다. 경악한 웬디는 옆에 쌓여져 있는 원고를 쳐다본다. 웬디의 놀란 표정이 다시 앙각으로 비춰지고 이어서 원고의 클로즈업과 웬디의 손이 원고를 넘기는 장면이 나온다. 웬디가 놀라서 원고를 넘길 때마다 종이에는 "일만하고 놀지 않는 것은 잭을 멍청한 아이로 만든다"라는 문장만이 빽빽하게 채워져 있고 그 문장들이 이루는 독특한 배열만이 눈에 띈다. 이때 배경음향으로 나오는 독특한 기계음 소리가 점점 커지면서 긴장감을 고조시킨다. 문장들로 이루어진 패턴은 미로와 닮아 있다. 미로가 잭의 무의식의 어두운 힘을 상징하듯이 그 원고더미에 쓰인 문장들은 잭이 어두운 무의식의 힘에 압도당했다는 것을 보여준다. 이는 잭의 정신이 비정상적인 상태로 변해 있으며 그가 전혀 글을 창작할 수 없다는 것을 보여준다.

 '일만하고 놀지 않는 것'은 의식세계의 요구에만 치우친 상태를 상징한다. 인간의 창조력과 정신에너지의 원천은 무의식이기 때문에 인간이 의식세계에만 치중하는 경우 활발한 생명력과 창조력을 상실하게 된다. '멍청한 아이'는 이처럼 무의식과 멀어져서 창조력을 잃고 공허해진 잭의 정신상태를 나타낸다. 잭이 단 한 줄의 글도 창작해내지 못하는 것은 이러한 그의 정신적 문제 때문이다. 의식에 의해 인지되지 못하고 억압될 경우 무의식에는 거대한 파괴적 그림자가 형성되어 뜻하지 않은 순간 주체를 장악하고 파멸시킨다. 잭의 몰락은 그림자의 작용 때문이며 이러한 개성화의 실패를 그가 창작활동을 전혀 하지 못한 채 비정상적으로 변해가는 현상에서 엿볼 수 있다.

 〈미저리〉에서 폴을 감금하고 자기 뜻대로 작품을 쓰라고 강요하는 애니는 소설가의 자유로운 창작활동을 구속하는 독자를 대변한다. 소설가에게 독자는 이중적으로 작용할 수 있다. 작가는 독자의 성원이 있어야 성공할 수 있지만 독자의 취향을 의식하다 보면 자신만의 작품세계를 추구할 수 없다. 폴의 경우 통속 로맨스 소설에 지나지 않는 미저리 시리즈는 애니와 같은 열렬한 팬을 확보하여 그가 대중적으로 성장하는 데 발판이 된 반면 진지한 소설가로 거듭나는 데 있어서는 걸림돌이 된다. 폴은 진지한 작가가 되기 위해서 미저리의 죽음을 끝으로 그 시리즈를 마치고 자전적인 성장소설을 집필한다.

이러한 변화의 기로에 선 폴은 새 작품이 미저리와 같은 열렬한 호응을 불러일으킬 수 있을까라는 문제에 직면한다. 작가로서 폴의 위기의식은 만족스럽지 못한 새 작품으로 고조된다. 그는 새 작품의 제목도 정하지 못하고 어떤 내용이어야 하는지도 갈피를 잡지 못한 채 불완전한 상태로 작품을 끝낸다. 이때 나타난 애니에게 새 작품을 읽어보고 무슨 내용인지 파악하고 제목도 정해달라고 하는 것은 새 작품이 독자에게 어필할 수 있을까의 여부에 관한 폴의 불안한 심리를 보여준다. 새로운 시도를 묵살하고 미저리의 귀환을 쓰라고 강요하는 애니에게 폴이 느끼는 공포는 작가가 독자 때문에 자유로운 창작활동에 몰입할 수 없을 때 느끼는 구속과 두려움을 나타낸다.

이는 폴이 애니의 강요에 못 이겨서 "무제" 원고를 태워버리는 시퀀스에서 보인다. 카메라는 바비큐 그릴 위에 놓여진 폴의 오래된 가방을 클로즈업한다. 이어서 애니가 그 가방에서 "무제" 원고를 꺼내어 한 장씩 넘기면서 휘발유를 붓는 것이 클로즈업된다. 폴이 원고에 불을 붙였을 때 카메라는 불에 서서히 타들어가는 "무제, 폴 셸던 지음"(Untitled by Paul Sheldon)이라고 쓰인 원고의 겉장을 클로즈업한다. 이어서 원고가 불에 타는 장면과 불에 까맣게 타버린 원고를 보여주는 장면이 나옴으로써 폴의 새로운 시도가 철저히 좌절된 것을 볼 수 있다. 폴이 자기 의지와 상관없이 미저리를 다시 쓰게 되는 상황은 그가 애니가 사다 준 타자기를 내려다보는 장면에서 보인다. 카메라는 화면 가득 n자가 빠진 타자기를 비추고 타자기를 내려다보며 난감해하는 폴을 보여준다. 이어서 폴이 무언가를 타자기로 치는데 그 다음 장면에서 타자기에 끼워져 있는 종이가 클로즈업되고 거기에는 "제기랄제기랄제기랄……"(fuckfuckcfuck……)이라는 글자가 나열되어 있다.

폴의 창작활동이 애니 때문에 자유롭게 이루어지지 못한다는 것은 영화의 결말 부분에서 가장 단적으로 드러난다. 영화 끝 부분의 식당 시퀀스에서 폴은 "제이 필립 스톤의 고등교육"이라는 자전적 소설의 초판을 받아본다. 이 책은 폴이 미저리 시리즈를 벗어나서 쓴 작품으로서 그가 작가로서 성장하기 위한 노력의 산물이다. 그러나 이 책의 초안을 받아보며 폴이 다소 만족한 표정을 짓고 있을 때 식당 저쪽에서 애니가 카트를 끌며 서서히 다가오는 환상이 보인다. 애니는 폴에게 다가오면서 카트에서 부엌칼을 집어 든다. 이 환상은 한순간 폴을 기겁하게 만드는데 이때 애니의 환상은 여종업원으로 바뀐다. 그 여종업원은 애니가 폴에게 했듯이 그를 내려다보며 자신을 그의 넘버원 팬이라고 소개한다. 이와 같은 결말의 환상장면은 독자의 구속을 벗어나지 못하는 소설가의 딜레마를 보여준다.

〈쇼생크 구원〉에서 앤디가 몰두하는 석공과 레드의 마음속에 감동을 불러일으키는 음악은 자기를 추구하는 모티프이다. 앤디가 석상을 조각하는 모습을 담은 장면은 이러한 모티프를 효과적으로 보여준다. 또한 카메라가 커트 없이 수평으로 이동하면서 앤디가 조각한 정교한 석상들이 햇빛을 가득 받으며 창가에 가지런히 놓여 있는 것을 비추고 이어서 그가 돌로 만든 체스말들이 체스보드 위에 올려져 있는 것을 보여주는 장면은 앤디의 자기로의 여정을 효과적으로 제시한다. 앤디가 석공용 망치를 이용해서 아름다운 석상을 조각하는 과정은 그 망치로 탈출구를 파는 것처럼 정신적 구원으로의 여정이기 때문이다.

앤디의 자기로의 추구는 음악을 통해서도 나타난다. 음악은 쇼생크가 대변하는 제도권 사회가 상징하는 의식세계를 초월하여 무의식을 경험하도록 유도함으로써 마음속에 형언할 수 없는 감동을 불러일으킨다. 음악은 앤디가 독방에 감금되었을 때 그를 지탱하도록 만든 힘이 된다. 또한 앤디는 레드에게 음악을 선사함으로써 레드로 하여금 무의식에 문을 여는 계기를 마련한다. 앤디가 레드에게 가져다준 모짜르트 음악과 하모니카는 경직된 레드의 정신을 일깨워서 자기를 향한 여정을 시작하도록 한다.

영화에서는 모짜르트의 오페라가 울려 퍼지면서 쇼생크 곳곳에서 일하던 손을 멈추며 오페라 가수의 아름다운 목소리에 귀를 기울이는 장면들을 연이어 제시함으로써 그 노래가 불러일으키는 감동을 전달하고 있다. 하모니카가 레드의 구원을 상징한다는 것은 다음과 같은 편집기법에서 보인다. 레드가 하모니카를 불려고 하다가 주저하는 장면 다음에 도서관 확장을 위해서 도서관의 벽이 허물어지는 장면이 이어진다. 이때 벽이 깨어지기 전에 캄캄한 화면이 나오고 곧이어 벽이 깨어지면서 환한 햇빛이 들어온다. 레드가 하모니카를 불어보려고 하다가 망설이는 장면과 벽이 무너지면서 환한 빛이 들어오는 장면을 이어서 편집한 것은 레드가 하모니카 장면에서는 주저하고 있지만 정신적 구원을 추구할 것임을 효과적으로 상징한다.

〈스탠 바이 미〉의 주인공 고디는 앞의 세 작품의 주인공들과 비교할 때 가장 온전한 창작활동을 보여준다. 이는 〈스탠 바이 미〉 자체가 고디가 써 내려가는 소설이며 그 집필과정이 순조롭게 완성되는 것에서 볼 수 있다. 또한 〈스탠 바이 미〉가 자전적 형태의 소설로서 고디 자신이 겪은 내면의 변화 과정을 내용으로 하고 있다는 점에서도 그의 창조행위 자체가 자기를 추구하는 과정임을 알 수 있다.

고디의 온전한 창작활동을 고디의 1인칭 화자 시점으로 영화가 전개되는 것과 결말 부분에서 제시되는 고디의 글 쓰는 모습을 통해 볼 수 있다. 영화는 "스탠 바이 미"를 느린 템포로 편곡한 연주곡이 흐르는 가운데 성인 고디가 크리스의 죽음을 다룬 기사를 보면서 슬퍼하는 장면으로 시작된다. 이어서 두 소년이 자전거를 타고 고디의 차를 지나 저만치 가는 것을 카메라가 따라가면서 어린 시절 장면이 삽입된다. 이때부터 영화는 1인칭 화자 시점으로 전개되면서 보이스 오우버로 처리된 성인 고디의 설명으로 진행됨으로써 영상소설 같은 느낌을 준다. 이처럼 영화가 1인칭 화자 시점으로 전개되는 것은 영화 자체가 고디의 내면을 진솔하게 반영하는 창작활동임을 보여준다.

영화의 결말 부분에서 고디와 크리스가 여행을 마치고 돌아왔을 때 작별인사를 하고 걸어가는 크리스를 고디가 조용히 지켜보는 가운데 성인 고디의 독백이 나온다. 이어서 고디가 글을 쓰고 있는 컴퓨터의 모니터를 화면 가득 담은 장면이 보인다. 이 장면에서 고디가 자판을 두드리는 소리가 경쾌하게 들리면서 화면에 "나는 내가 12살 때 사귀었던 그들과 같은 친구를 이후에 가져본 적이 없다. 정말 누구라도 그렇지 않을까?"라는 마지막 글자들이 차례로 나타나는 것은 고디의 창작활동이 순조롭게 이루어지고 있다는 것을 보여준다. 또한 이 시퀀스에서 고디가 글을 쓸 때 너무나 몰두하기 때문에 이상하게 보인다고 하는 어린 아들의 말을 통해 고디가 창작활동에 몰입하고 있다는 것을 알 수 있다. 이처럼 영화 〈스탠 바이 미〉가 자기를 향한 여정을 진술하는 창조과정으로서 그것이 온전하게 완성되는 것은 고디의 자기실현이 순조롭게 이루어지고 있다는 것을 보여준다.

　이상 살펴본 바와 같이 네 작품에 나타난 개성화 과정을 하나의 순환적 서클로 조명할 수 있다. 이와 같은 시도는 영화의 주제, 줄거리와 함께 형식적인 면을 적극적으로 연구하면서 더욱 심도 있게 이루어질 수 있다. 영화의 내용은 형식과 긴밀한 역동적 관계를 이룬다. 영화는 형식이 내용을 결정한다고 해도 과언이 아닐 정도로 기술적, 기교적인 면 자체가 심리적 효과를 유발하거나 주제를 효과적으로 전달한다.

　영화비평에서도 내용적인 면에만 치중하는 경우 다음과 같은 자네티의 지적처럼 자칫 영화의 중요한 미학적 가치를 간과할 수 있다. "대부분의 영화비평이 잘못되었거나 오해를 불러일으키는 하나의 이유는 대부분 비평가들이 영화의 '내용'을 초월하지 못하기 때문이다. …… 이런 유의 피상적 비평들은 우리에게 어떤 영화의 성공 혹은 실패의 이유와 방법을 명백하게 알려주지 못한다"(Giannetti 4).

　본 연구에서는 내용에 관한 연구와 함께 영화의 형식과 기교적인 면이 개성화 과정을 제시하는 데 있어 어떠한 역할과 효과를 발휘했는지를 고찰하였다. 앞으로 개성화뿐 아니라 다른 심리작용에 대한 주제를 전달하는 데 있어 영화의 형식적 요소가 어떤 기능을 하는지에 관한 연구가 요구된다. 가령 카메라의 움직임, 앵글, 조명, 색상, 질감, 편집, 사운드 등이 관객에게 어떠한 심리적 효과를 유발하는지, 그 효과가 감독이 의도한 주제를 전달하는데 어떻게 활용될 수 있는지를 도출해냄으로써 관객에게 보다 깊은 심리적 충격과 영향을 줄 수 있다. 이처럼 영화의 형식적 요소가 관객에게 미치는 영향을 보다 심층적으로 연구하는 것은 영화가 관객에게 유발하는 심리적 효과를 최대화함으로써 영화의 주제를 좀 더 밀도 있게 전달하는 데 활용될 수 있다.

Bibliography

<샤이닝>(*The Shining*), <미저리>(*Misery*),
<쇼생크 구원>(*The Shawshank Redemption*),
<스탠 바이 미>(*Stand by Me*)

146

Primary Sources

Stanley Kubrick, dir., 〈*The Shining*〉, Warner Brothers(USA), 1980

Rob Reiner, dir., 〈*Misery*〉, Columbia Pictures(USA), 1990

Frank Darabont, dir., 〈*The Shawshank Redemption*〉, Columbia Pictures(USA), 1994.

Rob Reiner, dir., 〈*Stand by Me*〉, Columbia Pictures(USA), 1986.

Jung, C. G. *The Collective Works of C. G. Jung*(Bollingen Series XX). Trans. Hull, R. F. C.

Princeton: Princeton UP, 1953−79. Abbreviated as CW

__________. Vol. 5: *Symbols of Transformation.*

__________. Vol. 6: *Psychological Types*

__________. Vol. 7: *Two Essays on Analytical Psychology*

__________. Vol. 8: *The Structure and Dynamics of the Pshche.*

__________. Vol. 9: Part 1. *The Archetypes and The Collective Unconscious.* Abbreviated as AC

__________. Vol. 9: Part 2. *Aion*

__________. Vol. 10: *Civilization in Transition*

__________. Vol. 11: *Psychology and Religion*

__________. Vol. 12: *Psychology and Alchemy*

__________. Vol. 13: *Alchemical Studies*

__________, Vol. 14: *Mysterium Coniunctionis*

__________, Vol. 16: *The Practice of Psychology*

__________, *Man and His Symbols*. New York: Bantam Doubleday Dell Publishing Group, Inc., 1968.

__________, *Four Archetypes*. Trans. Hull, R. F. C. Princeton: Princeton UP, 1992

__________, *The Spirit in Man, Art, and Literature*. Trans. Hull, R. F. C. Princeton: Princeton UP, 1978.

Secondary Sources

김성곤, 『영화 에세이: 영상시대의 문화론』. 열음사, 1994.

______. 『문학과 영화: 영상시대의 문학론』. 민음사, 1997.

김재영, 「지그문트 프로이드와 칼 융의 희생제의 이론 비교 연구」. 『라깡과 현대정신분석학회』 1(1999) 159-198.

이부영. 『우리 마음속의 어두운 반려자 그림자』. 한길사, 1999.

Badley, Linda. "Stephen King Viewing the Body." *Stephen King*. Ed. Bloom, Harold: New York: Chelsea, 1998.

Beahm, George. *Stephen King: America's Best-Loved Boogeyman*. Kansas City: Andrews & McMeel Pub., 1998.

Blackmore, Bill. "The Family of Men", San Francisco Chronicle, 1987. ⟨http://www.mindbuilder.com/mkraft/shining/essays.html⟩ 99-05-21

Bluestone, George. *Novels into Film*. Berkeley: U. of California P, 1973.

Boggs, Joseph M. *The Art of Watching Films*. Mountain View, Ca.: Mayfield Publishing Company, 1985.

Bordwell, David and Thompson, Kristin. *Film Art*. Toronto: Random

148

House, 1986.

Bruzzi, Stella. *Undressing Cinema*. New York: Routledge, 1997.

Campbell, Joseph. *The Hero with a Thousand Faces*. New York: Bollingen Foundation Inc., 1972

Campbell, Joseph. *The Masks of God, Creative Mythology, Occidental Mythology*. New York: Penguin Books, 1976.

__________, *The Power of Myth*. New York: Apostrophe S. Productions and Alfred van der Marck, Inc., 1988.

__________, *Transformation of Myth through Time*. NY: Harper & Row Publishers, 1990

Casebeer, Edwin F. "The Art of Balance: Stephen King's Canon." *Stephen King*. Ed. Bloom, Harold: New York: Chelsea, 1998.

Chatman, Seymour. *Story and Discourse: Narrative Structure in Fiction and Film*. Cornell UP, 1978.

Chodorow, Joan. *Encountering Jung: Jung on Active Imagination*. Princeton: Princeton UP,1997.

Clair, Rene and George Sadoul. *Dictionary of Films*. Trans. P. Morris. Berkeley: Univ. of CA Press, 1972.

Cohen, Keith. *Film and Fiction: The Dynamics of Exchange*. Yale University Press: New Heaven, 1979.

Corrigan, Timothy. *Film and Literature: An Intriduction and Reader*. Upper Saddle River: Prentice Hall, 1999.

Davis, Jonathan P. "Childhood and Rites of Passage." *Stephen King*. Ed. Bloom, Harold. New York: Chelsea, 1998.

Easthope, Antony, ed. *Contemporary Film Theory*. London and New York: Longman Group, 1993

Edinger, Edward F. *Ego and Archetype: Individuation and the Religious Function of the Psyche*. Middlesex: Penguin Books Ltd., 1972.

Eliade, Mircea. *Images et Symboles.* Paris: Editions Gallimard, 1952.(『이미지와 상징』. 이재실 옮김. 서울: 까치글방, 1985.)

Eliade, Mircea. *Myth, Dreams, and Mysteries.* New York: Hatper Torch Books, 1960.

Falsetto, Geduld Mario. *Perspectives on Stanley Kubrick.* Indianapolis: Macmillan Library, 1998.

Falsetto, Mario. *Stanley Kubrick: A Narrative and Stylistic Analysis.* Westport: Greenwood, 1994.

Franz, M.L. Von. "The Process of Individuation" in *Man and His Symbols.* New York: Bantam Doubleday Dell Publishing Group, Inc., 1968.

Gallagher, Bernard J. "Reading Between the Lines: Stephen King and Allegory." *Stephen King.* Ed. Bloom, Harold. New York: Chelsea, 1998.

Geguld Carolyn. *2001: A Space Odyssey.* Bloomington London: Indiana University Press, 1973.

Giannetti, Louis D. *Understanding Movies.* New Jersey: Prentice-Hall Inc., 1972.

Green, Mark. "The Myth of the Redeemer in Contemporary Cinema." New Jersey: http://cgjungpage.org/jpanalytical. html 99-09-20.

Goldbrunner, Josef. *Individuation.* London: Hollis & Carter, 1955.

Gottschalk, Katherine K. "Stephen King's Dark and Terrible Mother, Annies Wilkes." *Stephen King.* Ed. Bloom, Harold: New York: Chelsea, 1998.

Gray, Hugh ed. *What's Cinema?, andre bazin.* London: University of Clifornia Press, 1971.

Hamilton, Edith. *Mythology.* Boston: United Publishing & Promotion Co., LTD, 1942.

Heath, Stephen. *Questions of Cinema*. Bloomington: Indiana UP, 1981.

Henderson, Joseph L. "Ancient Myths and Modern Man" in *Man and His Symbols*. New York: Bantam Doubleday Dell Publishing Group, Inc., 1968.

Hillman, James. *The Myth of Analysis*. New York: Harper & Row Publishers, 1978.

Jefferson, Ann and Robey, David. *Modern Literary Theory. A Comparative Introduction*. New Jersey: Barnes and Noble Books, 1982.

Jenkins, Greg. *Stanley Kubrick and the Art of Adaptation: Three Novels and Three Films*. North Calorina: McFarland & Co., 1997

Jung, Emma. *Animus and Anima*. Woodstock: Spring Publications, 1985.

Kayishian, Amy and Kayshian, Marjorie. *Stephen King*. New York: Chelsea House Publishers, 1995.

King, Stephen. *The Shining*. USA: Doubleday & Co. Inc., 1977

__________. *Misery*. New York: Penguin Books, 1988.

__________. 「Rita Hayworth and Shawshank Redemption」 *Differenr Seasons*. Stephen King. New York: Penguin Group, 1982.

__________. 「The Body」. *Differenr Seasons*. Stephen King. New York: Penguin Group, 1982.

King, Stephen. "King's Features."
http://www.ew.com/ew/features/990702/king/page3.html.
00−03−20

Klein, Michael, and Parker, Gillian, eds. *The English Novel and the Movies*. New York: Frederick Ungar Publishing Co., 1981.

Kobak, Stu. "A Coversation with Frank Darabont."
http://www.filmsondisc.com/Features/darabont/darabont.htm

00 - 03 - 20

Kracauer, Siegfried. *Theory of Film.* New Jersey: Princeton University Press, 1997.

Maccann, Richard Dyer. *Film and Society.* New York: Charles Scribner's sons, 1964.

Magistrale, Anthony. "Inherited Haunts: Stephen Kingg's Terrible Children." *Stephen King.* Ed. Bloom, Harold. New York: Chelsea, 1998.

Mainar, Luis M. Garcia and Nischik, Reingard. *Narrative and Stylistic Patterns in the Films of Stanley Kubrick.* New York: Boydell & Brewer, Inc., 1999.

Maltby, Richard and Craven, Ian. *Hollywood Cinema.* Massachusette: Blackwell Publishers Inc., 1995.

Mast, Gerald. *A Short History of the Movies.* Indiana: Bobbs - Merrill Company, Inc., 1976.

Mast, Gerald and Cohen, Marshall eds. *Film Theory and Criticism.* London: Oxford University Press, Inc. 1974.

Mayne, Judith. *Cinema and Spectatorship.* New York: Routledge, 1993.

Mcconnell, Frank D. *The Spoken Seen, Film and the Romantic Imagination.* Baltimore and London: The Johns Hopkins University Press, 1982.

Monaco, James. *How to Read a Film: The Art, Technology, Language, History and Theory of Film and Media.* Oxford: Oxford University Press, 1981.(『영화, 어떻게 읽을 것인가』. 양윤모 옮김. 서울: 혜서원, 1993.)

Newman, Erich. *Art and the Creative Unconscious.* Princeton: Princeton UP, 1959.

___________. *The Origins and History of Conscious.* Princeton: Princeton UP, 1971.

152

___________. *The Great Mother: An Analysis of the Archetype.* Princeton: Princeton UP, 1974

Noll, R. "Multiple Personality, Dissociation, and C. G. Jung's Complex Theory." Papadopoulos, Reons. K. ed. *Carl Gustav Jung Critical Asseeements Volume II : The Structure and Dynamics of the Psyche.* London and New York: Routledge, 1992.

Paech, Joachim. *Literatur Und Film.* Stuttgart: Minumsa Publishing Co., Ltd. 1997.(『영화와 문학에 관하여』. 임정택 옮김. 서울: 민음사, 1997.)

Papadopoulos, Reons. K. *Carl Gustav Jung Critical Asseeements Volume III: Psychopathology and Psychotherapy.* London and New York: Routledge, 1992.

Pope, Thomas and Pop, Tom. *Good Scrips, Bad Scripts: Learning the Craft of Screenwriting through 25 of the Best and Worst Films in History.* Cincinnati: Crown Publishing Group, 1998.

Reesman, Jeanne Campbell. "Stephen King and the Tradition of American Naturalism in *The Shining" Stephen King.* Ed. Bloom, Harold. New York: Chelsea, 1998.

Reynolds, Peter. *Novel Images.* New York: Routledge, 1993.

Richards, David G. *The Hero's Quest for the Self: An Archetypal Approach to Hesse's Demian and Other Novels.* Lanham: UP of America, 1987.

Richardson, Robert. *Literature and Film.* Indiana: Indiana University Press, 1969.(『영화와 문학』. 이형식 옮김. 서울: 동문선, 2000.)

Robertson, Robin. "Shadow Dancing." http://cgjungpage.Org/jpanalytical. html. 99-09-20.

Russell, Sharon A. "Needful Things" *Stephen King.* Ed. Bloom, Harold. New York: Chelsea, 1998.

Saidman, Anne. Stephen King, *Master of Horror: Master of Horror.*

North Minneapolis: The Lerner Publishing Group. 1992.

Salant, Nathan Schwartz, ed. *Jung on Alchemy*. London: Routledge, 1995.

Samuels, Andrew. *A Critical Dictionary of Jungian Analysis*. London: Loutledge & Kegan Paul, 1986.

Seger, Linda. *The Art of Adaptation: Turning Fact and Fiction into Film*. New York: Henry Holt and Company, Inc., 1992.

Schatz, Thomas. *Hollywood Genres*. New York: McGraw-Hill, Inc., 1981.

Solomon, Stanley J. *The Film Idea*. New York: Harcourt Brace Jovanovich, Inc., 1972.

Spigel, Alan. *Fiction and the Camera Eye: Visual Consciousness in Film and the Modern Novels*. Charlettesville: UP of Virginia, 1976.

Staiger, Janet. *Interpreting Films*. New Jersey: Princeton University Press, 1992.

Stein, Murray. *Jung's Map of the Soul*. Illinois: Carus Publishing Company, 1998.

Stephens, Ben. "*The Shining*", EUFS Programme, 1996-1997. 〈http://www.eusa.ed.ac.uk/societies/filmsoc/films/the-shining〉 99-05-21.

Turner, Graeme. *Film as Social Practice*. London: Routledge, 1990.

Yarbro, Chelsea Quinn. "Cinderella's Revenge: Twists on Fairy Tale and Mythic Themes in the Work of Stephen King." *Stephen King*. Ed. Bloom, Harold. New York: Chelsea, 1998.

Young-Eisendrath, Polly. "Introduction." *Jung*. Ed. Polly Young-Eisendrath. Cambridge: Cambridge UP, 1997.

Vierne, Simone. *Rite. Roman. Initiation*. Grenoble: p. u. g. 1976.(『통과제의와 문학』. 이재실 옮김. 서울: 문학동네, 1996.)

Vogler, Christopher. *The Writer's Journey*. CA: Michael Wiese Productions, 1998

Watson, Goodwin. *Jung's Psychology and its Social Meaning*. New York: Grove Press, 1953.

Williams, Donald. "An Interview with Diane Johnson, Screenwriter for Stanley Kubrick's film, The Shining", The Screenwriter's Forum, 1992. http://www.Cgjung.com/jparticles.html 00−01−15

Wilson, Suzan. *Stephen King: King of Thrillers and Horror*. New Jersey: Enslow Publishers Incorporated, 2000.

Winnigton, Richard. *Film Criticism and Caricatures* 1943−53. London: Elek books, Ltd., London. 1975.

Wukovits, John F. *Stephen King*. San Diego: Lucent Books Pub., 1999.

· 저자 ·

김 명 희   · 약 력 ·
　　　　　아주대학교 영어영문과
　　　　　아주대학교 대학원 영어영문과 석사
　　　　　아주대학교 대학원 영어영문과 박사

　　　　　· 주요논저 ·
　　　　　〈샤이닝〉, 〈미저리〉, 〈쇼생크 구원〉, 〈스탠 바이 미〉에 나타난 개성화
　　　　　〈이키루〉를 통해 본 죽음의 부정과 수용
　　　　　〈영웅〉에 나타난 현자와 무명의 개성화
　　　　　『문학 텍스트에서 영화 텍스트로』
　　　　　외 다수

〈샤이닝〉, 〈미저리〉, 〈쇼생크 구원〉,
〈스탠 바이 미〉에 나타난 개성화

· 초판 인쇄 ｜ 2008년 6월 30일
· 초판 발행 ｜ 2008년 6월 30일

· 지 은 이 ｜ 김명희
· 펴 낸 이 ｜ 채종준
· 펴 낸 곳 ｜ 한국학술정보㈜
　　　　　　경기도 파주시 교하읍 문발리 513-5
　　　　　　파주출판문화정보산업단지
　　　　　　전화　031) 908－3181(대표) · 팩스　031) 908－3189
　　　　　　홈페이지　http://www.kstudy.com
　　　　　　e－mail(출판사업부)　publish@kstudy.com
· 등　　 록 ｜
· 가　　 격 ｜ 20,000

ISBN　978-89-534-9587-6 93840 (Paper Book)
　　　　978-89-534-9588-3 98840 (e－Book)